De aventoeren fan Alice yn Wûnderlân

De aventoeren fan Alice yn Wûnderlân

Alice's Adventures in Wonderland
in West Frisian

Troch
Lewis Carroll

YLLUSTRAASJES FAN
JOHN TENNIEL

YN IT FRYSK OERSET TROCH
TINY MULDER

2024

Publisearre troch/*Published by* Evertype, 19A Corso Street, Dundee, DD2 1DR, Scotland. www.evertype.com.

Oarspronklike titel/*Original title*: *Alice's Adventures in Wonderland*. London: Macmillan, 1865.

Earste edysje/*First edition*: *Alice yn Wûnderlân*. Drachten: Utjouwerij Laverman, 1964. Twadde edysje/*Second edition*: Ljouwert: Algemiene Fryseke Underrjocht Kommisje, 1994, ISBN 90-6273-477-4.

Dizze tredde edysje july 2024.
This third edition July 2024.

Advysredakteurs/*Advisory editors*: Hermien van der Meer, Jant van der Weg-Laverman.

In katalogusyngong foar dit boek is te krijen by de British Library.
A catalogue record for this book is available from the British Library.

ISBN-10 1-78201-295-8
ISBN-13 978-1-78201-295-5

Setten yn/*Typeset in* De Vinne Text, Mona Lisa, ENGRAVERS' ROMAN, & *Liberty* troch/*by* Michael Everson.

Yllustraasjes/Illustrations: John Tenniel, 1865.

Omslach/*Cover*: Michael Everson.

Op 'e nij mei Alice troch Wûnderlân

Yn 1964 ferskynde de Fryske oersetting fan de Ingelske klassiker *Alice's Adventures in Wonderland* (1865) fan Lewis Carroll foar it earst yn it Frysk. De oersetter wie Tiny Mulder (1921–2010), sjoernalist en auteur fan literêr wurk sawol foar folwoeksenen as foar bern.

Se moat fassinearre west hawwe troch dit wurk en in swak foar de tocht fan dat famke troch Wûnderlân hân hawwe.

Nei har dea wie der in lytse útstalling yn Tresoar, Frysk Histoarysk en Letterkundich Sintrum yn Ljouwert, fan har samling *Alice*-oersettingen út de hiele wrâld. Op al har reizen brocht se faak sa'n oersetting mei nei hûs, en freonen diene itselde foar har. It wie dêrom fanselssprekkend, dat se dit wurk ek in Fryske oersetting joech. En wa koe dat better dwaan as sy. In protte aardige oplossingen binne te finen yn dizze oersetting fan *Alice*. Lykas dy Cheshire-Cat, dêr't in soarte fan tsiis yn troch skimeret. De Nederlânske oersetter Nicolaas Matsier makke der dêrom in Kollumer Kat fan. Tiny Mulder keas net foar dit soarte tsiis dat yn ferbân brocht wurdt mei in Frysk doarp, mar foar in populêr soarte kat yn Fryslân, de Siferske Kat.

Neitiid wurke Tiny Mulder ek oan it twadde diel, *Through the Looking Glass*, lykas se sels sei yn in ynterview (*Leeuwarder Courant*, 2003), mar it kaam net ta útjefte.

Dat der yn in soad talen Alice-oersettings publisearre binne, die bliken by it grutte projekt organisearre troch de Lewis Carroll Association yn New York: *Alice in a World of Wonderlands* út 2015. Dêryn wiene de 7.600 oersettings fan de Alice-boeken fan oer de hiele wrâld opnommen, dêr't de Fryske fansels hielendal yn paste.

De Fryske útjefte fan 1964 waard folge troch in twadde edysje yn 1994, útjûn troch de Afûk, en dizze tredde edysje ferskynt no by de Skotse útjouwerij Evertype, bekend fan it útjaan fan Alice yn ferskate talen.

Yn de tuskenlizzende jierren hat it Frysk wol wat feroarings ûndergien en binne wurden as bygelyks *alteast*, *hommels* en *hoartsje* net mear sa begryplik as yn de jierren sechstich fan de foarige iuw. Dy binne dan ek oanpast ta *teminsten*, *ynienen* en *skoftke*. Guon lytse feroarings, lykas it feroarjen fan Pappegaai yn Lorre op side 24, binne oanbrocht om de tekst fan Carroll sa goed mooglik benei te kommen. Utsein dy en oare lytse feroarings is de oarspronklike tekst hanthavene. Dy kin noch altyd besjen lije en foar in soad lêswille soargje.

"Alice is al oer de hûndert jier, mar se is noch altyd fris, fleurich en libben en noch altyd oarsaak fan bewûndering en fermeits foar bern." Sa skreau Tiny Mulder yn har ynlieding yn 1964. En der is wat dat oanbelanget net folle feroare. Noch altyd sprekke de aventoeren fan de lytse Alice ta de ferbylding. Dy kinne no troch nije lêzers ek wer yn it Frysk lêzen wurde.

Jant van der Weg
Ljouwert, febrewaris 2024

Again with Alice through Wonderland

In 1964, the Frisian translation of the English classic *Alice's Adventures in Wonderland* (1865) by Lewis Carroll appeared for the first time in Frisian. The translator was Tiny Mulder (1921–2010), a journalist and author of literary work for both adults and children.

She must have been fascinated by this work and had a weakness for that girl's journey through Wonderland.

After her death, there was a small exhibition in Tresoar, Frisian Historical and Literary Center in Leeuwarden, of her collection of *Alice* translations from all over the world. On all her travels, she often brought such a translation home, and friends did the same for her. It was therefore obvious that she also gave this work a Frisian translation. And who could do that better than she. Many splendid solutions can be found in this translation of *Alice*. An example is that of the Cheshire-Cat, in which a kind of cheese shimmers through. The Dutch translator Nicolaas Matsier made a Kollumer Kat out of it, naming it for a Frisian village known for its cheese. Tiny Mulder did not opt for this type of cheese, but for a popular type of cat in Friesland, the *Siferske Kat* 'Cyprus-Cat', which is what they call tabby cats—but which is a pun with'Cipher-Cat', apt because he vanishes into nothing.

Afterwards, Tiny Mulder also worked on the second book, *Through the Looking Glass*, as she herself said in an interview (*Leeuwarder Courant*, 2003), but it was never published.

The fact that Alice translations have been published in many languages was also evident in the large project organized by the Lewis Carroll Association in New York, *Alice in a World of Wonderlands* in 2015. It contained the 7,600 translations of the Alice books from over the whole world, in which the Frisian of course fit perfectly.

The Frisian 1964 edition was followed by a second edition by Afûk in 1994, and this third edition now appears at the Scottish publisher Evertype, known for publishing *Alice* in many languages.

In the intervening years, however, the Frisian language has undergone some changes and words such as *alteast* 'at least', *hommels* 'suddenly', and *hoartsje* 'while' are no longer as comprehensible as they were in the 1960s; these have been replaced by *teminsten*, *ynienen*, and *skoftke*. Some small changes, such as the change of *Pappegaai* to *Lorre* on p. 24 have also been made for consistency with Carroll's text. Apart from these minor changes, the original text has been maintained. This can still provide a lot of reading pleasure.

"Alice is already over a hundred years old, but she is still fresh, cheerful and alive and still a cause of admiration and entertainment for children." So wrote Tiny Mulder in her introduction in 1964. And not much has changed since then. The adventures of little Alice still speak to the imagination. And now they can be read in Frisian again.

Jant van der Weg
Leeuwarden, February 2024

Ynlieding by de útjefte fan 1994

Op 4 july 1852 ûndernaam Lewis Carroll (skûlnamme fan Charles Lutwidge Dodgson) it ûnferjitlike boattochtsje op de Theems by Oxford, dêr't it oer giet yn it iepeningsgedicht. Op dat útsje helle it "Trio" him oer om in ferhaal te fertellen en dat waard it ferhaal fan *Alice*.

Dodgson wie doe in jonge man fan tritich jier en wiskundedosint oan de universiteit. Syn trije gasten op dat útsje wiene de dochters fan de rektor fan syn College: Lorina, Alice, en Edith Liddell, trettjin, tsien, en acht jier âld. Se fregen him net samar om in ferhaaltsje, want se wisten allang, dat nimmen oars as Dodgson sokke prachtige gekke ferhalen betinke koe.

As jonge al fermakke er syn tsien broerkes en suskes mei selsbetochte ferhalen, rymkes, en riedsels. Eigen wjerfarren bedarre soms wer yn in ferhaal, lykas in mislearre boattocht dêr't it selskip dweiltrochwiet fan weromkaam; dat selskip komt yn Alice werom yn de see fan triennen. Lorina koe harsels weromfine yn de Lorre, Edith yn de Earnejong. Ek Dodgson sels is ferivige yn it stal fan de Dodo, in útstoarne fûgel. Hy wie wakker ferlegen en stammere in bytsje. Sadwaande sei er, as er syn namme neame moast, gauris "Do-do-Dodgson" en dêrfandinne de bynamme Dodo. It earste hânskrift mei tekeningen dy't Dodgson sels makke hie, krige Alice Liddell as krystpresintsje yn 1864. De boekútjefte mei de ferneamd wurden tekeningen fan John Tenniel ferskynde op 4 july 1865.

Tiny Mulder
1994

Introduction to the 1994 edition

On 4 July 1852, Lewis Carroll (a penname for Charles Lutwidge Dodgson) embarked on the unforgettable boat trip on the Thames at Oxford, which is the subject of the opening poem, which became the story of *Alice*.

Dodgson was then a young man of thirty years and worked as lecturer in mathematics at the university. His three guests on that outing were the daughters of the rector of his College: Lorina, Alice, and Edith Liddell, aged thirteen, ten, and eight years old respectively. They did not just ask him for a story, because they already knew that no one but Dodgson could think of such wonderful crazy stories.

As a boy, Dodgson had entertained his ten brothers and sisters with self-made stories, rhymes, and riddles. Personal experiences sometimes recur in the story, such as a failed boat trip from which the company returned drenched; that company returns to Alice in the Pool of Tears. Lorina was able to find herself back in the Lory, Edith in the Eaglet. Even Dodgson himself is immortalized in the character of the Dodo, an extinct bird. He was very shy and stammered a bit.

Thus, when he had to mention his name, he often said "Do-do-Dodgson" and hence the nickname Dodo. The first manuscript with drawings Dodgson made himself was given to Alice Liddell as a Christmas present in 1864. The book edition with the famous drawings by John Tenniel appeared on 4 July 1865.

Tiny Mulder
1994

Foarwurd út de earste útjefte fan 1964

Hûndert jier mei Alice yn Wûnderlân! De fjirde july 1862 is in datum, dy't alle bern fan de wrâld wol mei tankberheid en blydskip ûnthâlde meie. It wie de dei, dat "in the golden afternoon" de rju earwearde en gelearde hear Charles Lutwidge Dodgson, doe tritich jier en lektor oan Christ Church College yn Oxford, te roeien wie op de rivier mei de trije dochterkes fan professor Liddell: Lorina, Alice en Edith. Se hiene tee, brochjes en koekjes mei en hâlden ûnderweis in picknick oan de wâl. Doe frege ien fan de famkes – lykas alle bern altyd freegje oan alle grutte minsken, by wa't se tagedienens foar bern oanfiele: "Fertel ús ris in ferhaaltsje, mynhear Dodgson?" En hy begûn te fertellen. It waard in ferhaal oer it famke Alice, krekt sa'n famke as de lytse Alice Liddell. Dodgson fertelde dy moaie, simmerske middei mar oan en mar wei fan Alice, dy't yn de ûnderwrâld bedarre, in ferhaal fol frjemde moetingen mei nuvere bisten, fol fan de wûnderlikste aventoeren mei koekjes en drankjes, dêr't Alice ynienen o sa grut of o sa lyts fan waard, en fan in "minsklike" befolking, besteande út spylkaarten mei earmen en skonkjes oan de fjouwer hoeken.

As Dodgson efkes ophâlde mei fertellen, fitere de echte Alice him oan om fierder en se sei derby, dat yn it ferhaal benammen in soad fantastyske dingen barre moasten. Alice wie syn muze by dit ferhaal, dat er sels de titel *Alice's Adventures under Ground* joech en dat wrâldferneamd wurden is ûnder de titel *Alice's Adventures in Wonderland*. Alice ynspirearre him ek ta it grutte ferhaal *Through the Looking-Glass* en it grutte gedicht *The Hunting of the Snark* en in ûnferduldige muze wie se, altyd freegjend nei mear. Op oanstean fan Alice skreau Dodgson it ferhaal op en hy makke der sels ek tekeningen by. Krysttiid 1862 krige Alice Liddell it manuskript mei de tekeningen as krystpresintsje. Alice en har suskes wiene optein en de hiele rûnte fan kunde fan de famly Liddell, grutten likegoed as bern, bearde der wakker oer. Dodgson moast it ferhaal útjaan. Op 4 july 1865 ferskynde – op kosten fan Dodgson – *Alice's Adventures in Wonderland* by Macmillan yn Londen. Mar net mei de tekeningen fan Dodgson der by. Hy frege sels John Tenniel, in ferneamde cartoonist fan *Punch*, de yllustraasjes te meitsjen. Dat John Tenniel syn namme hjoeddedei noch ferneamd is, komt lykwols fan syn houtgravueres by *Alice's Adventures in Wonderland*. Tenniel makke kapsje, doe't de earste printinge fan *Alice* ferskynde. En Dodgson skreau fuort oan Macmillan, dat de printen him net oanstiene, se wiene net moai ôfprinte, en dat hy besletten hie in nije printinge meitsje te litten. De eksimplaren fan de ôfkarde printinge moasten werom frege wurde en koene omdield wurde by sikehuzen. Macmillan ferkocht lykwols de ôfkarde boeken oan in Amearikaanske útjouwer. Dit binne no bysûnder seldsume en djoere boeken wurden. Yn desimber 1962 waard op in boekebeurs ien eksimplaar ferkocht foar 16.000 dollar (goed f 60.000). De twadde printinge by

Macmillan krige de goedkarring fan Dodgson en Tenniel. De namme Dodgson stie lykwols net op it boek. Dodgson keas as pseudonym *Lewis Carroll*.

Yn de tweintiger jierren fan dizze iuw ferkocht Alice Liddell har hânskrift fan *Alice's Adventures under Ground*. It Britsk Museum koe net op tsjin in Amearikaanske bieder, dy't der de doe wol ûntsachlike som fan 15.400 dollar foar joech. Letter is troch in aksje ûnder it Amearikaanske folk it hânskrift wer opkocht en oanbean oan it Britsk Museum yn Londen.

Alice Liddell groeide op ta in kreaze jonge frou. Hja troude mei Mr. Reginald Hargreaves. Se nûge de rju earwearde hear Charles Dodgson nochris op de tee yn Christ Church. Mar fan it eagenblik ôf, dat Dodgson mei har en har susters omgean moast as dames, ferlearen se foar him elke realiteit. De Alice fan syn fantasy lykwols waard him wat langer wat dierberder.

Alice Liddell Hargreaves libbe rêstich en ûnopfallend oant de Earste Wrâldoarloch. Twa fan har soannen kamen yn de oarloch om. Op in dei yn 1920 hearde har soan Caryl op in feest in pear minsken redendielen oer de fraach, oft Alice Liddell wol wier bestien hie. Hy helle syn mem oer om har memoires te skriuwen. Yn it begjin fan de tritiger jierren reizge de tachtichjierrige Alice noch nei de Feriene Steaten om diel te nimmen oan de betinking fan de hûndertste bertedei fan Charles Dodgson. Se waard doctor honoris causa fan de Columbia Universiteit "om't hja de ynspiraasje jûn hie ta ien fan de grutste literêre wurken".

Sûnt dy fjirde july 1862 is *Alice's Adventures in Wonderland* fertaald yn alle mooglike talen. Miljoenen bern hawwe it lêzen en smiten folwoeksenen, dy't sa ferstannich west hawwe de bân mei it bemelân net, of net definityf, troch te knippen, hawwe der kostlike oeren mei belibbe. Tsientallen toanielbewurkingen binne der fan makke, komponisten hawwe der ynspiraasje út opdien, tekeners en skilders hawwe der oer gear west om nije yllustraasjes te meitsjen by *Alice's Adventures in Wonderland*. Jo hoege yn it bûtenlan mar nei in goede boekferkeaper ta te gean en jo fine der grif ien of mear útjeften fan *Alice*: yn pocketboekfoarm, mar ek yn bysûnder lúkse útjeften, guon mei foaropwurden fan ferneamde skriuwers, lykas Alexander Woollcot en André Maurois. Fansels is der in útjefte mei de titel *La Aventuroj de Alicio en Mirlando*, itjinge, lykas elk wol begripe sil, it libben yn de ûnderwrâld beskriuwt yn it Esperanto, mar wa't better thús is yn Arabyske talen, hoecht ek net sûnder *Alice* it libben troch.

Wa't Ingelsk kin, wurdt ek achte *Alice's Adventures in Wonderland* te kennen, want njonken de Bibel en Shakespeare is *Alice* it meast sitearre boek yn de Ingelsk-pratende lannen. It is hielendal gjin útsûndering as yn de gearkomsten fan it Britske parlemint Alice sels, de Wite Knyn, de gekke Huoddemakker, de Sliepermûs, de Hertekeninginne, de Sabeare Skyldpod of de Griffioen te help roppen wurde om yngewikkelde saken mei in sitaat helder te meitsjen. En men kin suver gjin Ingelsktalige krante opslaan, of *Alice* stiet der yn. Is it net yn de artikels en ferslaggen, dan wol yn de advertinsjes.

Wa't him wat jout yn de libbensskiednis fan Dodgson alias Lewis Carroll sil faaks tinke moatte oan *Strange Case of Dr. Jekyll and Mr. Hyde* fan Robert L. Stevenson, dy wûnderlike symbioase fan boarger en boef yn ien persoan ûnder twa nammen. Net, dat Dodgson-Carroll ek de kombinaasje boarger-boef fertoande, mar wol moatte der yn de rju earwearde en gelearde hear Charles Dodgson twa ûnderskieden persoanen libbe hawwe. De teolooch en wiskundige joech les oan de studinten fan Christ Church College en hy skreau gelearde boeken oer wiskundige fraachstikken. Boppedat wie er in fertsjinstlik fotograaf, en ek oer de fotografy, dat nije wûnder fan de fine technyk, hat er boeken skreaun. De bernefreon Lewis Carroll libbe fier bûten de skoallemuorren en bûten de rûnte fan gelearden yn Oxford. Hy mijde de omgong mei folwoeksenen en socht de bern op, dy't er oeren fermeitsje koe mei syn fantastyske ferhalen en de spultsjes, dy't er sels betocht. Ek as er preke foar bern, fielde er him as teolooch it meast op syn plak en de bern harken mei sân pear earen.

Wylst hy wat langer wat mear namme makke as de skriuwer fan berneferhalen, sette er likegoed syn publikaasjes fan belangrike wiskundige wurken fuort ûnder syn eigen namme. As gelearde mijde er publisiteit en besocht er hieltyd te ûntkommen oan de lof, dy't Lewis Carroll tabrocht waard. Op in kear skreau er: "Mr. C. L. Dodgson erkent gjin inkelde relaasje mei hokfoar pseudonym ek of mei hokfoar boek ek, dat net publisearre is ûnder syn eigen namme".

Mar foar bern oer joech er graach ta, dat hy Lewis Carroll, de skriuwer fan *Alice's Adventures in Wonderland* wie, en almeast joech er sa'n bern in eksimplaar fergees.

Lewis Carroll (sa't ik him hjir fierder neame sil, om't it giet oer syn skriuwen foar bern) moat yn syn uterlike ferskining in wat stive en ûnhandige man west hawwe. Hy hie in lyts spraakmankemint (hy koe de p net sizze) en syn stjitterige wize fan rinnen makke de lange, delikate ferskining fuort kenber yn de strjitten fan Oxford, en dat wylst er in ienselvich man wie en leafst sa min mooglik opfalle woe. Oxford hâlde him foar in gek, mar Alexander Woollcot skriuwt, dat Carroll de mienskip yn Oxford altyd noch in krom gekker fûn as hja him. Yn wêzen achte Carroll alle minsken in bytsje gek.

> "Wy binne hjir allegearre gek", sei de Siferske Kat tsjin Alice. "Ik bin gek. Jo binne gek."

"Hoe witte jo, dat ik gek bin?" frege Alice.

"Dat moat wol sa wêze", andere de Kat, "oars soene jo hjir net kommen wêze."

"Hjir" dat is it Wûnderlân, mar it hat mear as in bytsje mien mei de Ingelske mienskip yn de tiid fan keninginne Victoria. Tagelyk is, tinkt my, *Alice's Adventures in Wonderland* in útbrekken – yn it absurde dan – út de stiif yn it korset fan boargerlike wissichheden en konvinsjes reaune mienskip fan it Victoriaanske Ingelân . Hoe tige keninginne Victoria yn har ferbline hearsksucht oertsjûge wie fan har rjocht op har unike posysje as draachster fan kroan en macht, mei omstannich bewiisd wêze mei allerhanne skiedkundige feiten, faaks is it feit, dat se *Alice's Adventures in Wonderland* ûnbekommere bewûndere, sûnder wat erchtinkend de Hertekeninginne en de sljochte Grevinne te besjen, wol in tige sterk bewiis. De literêre kritikus fan *The Spectator* wie minder nayf. Hy priizge it boek fan Carroll tige, mar hy makke beswier tsjin de gekke Huoddemakker, om't er dêr in karikatuer fan Gladstone yn fermoede. Victoria wie sa optein, dat se Lewis Carroll frege om syn folgjend boek oan har op te dragen. Dat boek wie, spitigernôch foar de keninginne, in wiskundich wurk mei de titel *An Elementary Treatise on Determinants.*

Oft Lewis Carroll dêr syn wille oan hân hat? As dominee en lektor stelde er priis op fersoarge omgongsfoarmen. As er gasten hân hie, hâlde er yn in kaartsysteem by, wêr't se sitten hiene by de tafel en hokker iten en drinken as se hân hiene, sadat se in oare kear net wer deselde tafelgenoat en itselde iten en drinken krije soene. Mar hy koe net foarkomme, dat er altyd wer yn situaasjes belâne, dy't syn reputaasje fan nijsgjirrige gek fersterken. Sa kaam er op in dei yn in hûs, dêr't er tocht allinne bern te finen. Foar bern die er alles. Hy hie thús altyd wol kikkerts en mûzen, spultsjes en puzzels by de hân om lytse gasten to fermeitsjen, mar diskear, yn in frjemd hûs, moast er wat oars betinke. Hy kroep op hannen en fuotten troch de gong nei de keamersdoar en bromde lûd en boas as in bear. Hy treau de keamersdoar op en... bedarre op in gearkomste fan âlde dames, dy't it hast bestoaren. Carroll sei net in wurd, kaam oerein, kearde him om, die de keamersdoar efter him ticht en ferdwûn. Oxford hie wer wat om oer te praten. Likegoed hat er der omtrint fyftich jier doseard. Mar ien kear hat er bûten Ingelân west. Hy socht Ruslân út foar syn bûtenlânske reis, in lân, dêr't doedestiids nimmen oars hinne reizge.

Fansels is oan Carroll gauris de fraach dien, wêrom oft er *Alice's Adventures in Wonderland* skreaun hie. Syn andert hat er ris opskreaun: "It wêrom fan dit boek kin en hoecht net ûnder wurden brocht te wurden. Want minsken, foar wa't de bemegeast in sletten boek is en dy't gjin glâns fan it hillige ûntdekke kinne yn de glimk fan in bern, soene sokke wurden dochs net begripe, wylst immen, dy't ea fan in echt bern hâlden hat, gjin ferlet hat fan wurden."

Syn bibliografy beslacht oer de hûndert titels. Hy arbeide altyd hurd, alhoewol't er net sterk wie, ek doe't er al fier oer de sechstich wie. Hy wie noch sûn nei de geast en ek foar syn dwaan sûn fan lichem, mar ynienen krige er de gryp en mei in deimannich wie er al wei. Dat wie op 14 jannewaris 1898. André Maurois jout as kommentaar op de dea fan Lewis Carroll: "C'était une mort absurde. Naturellement".

Miskien is it net sa'n toer om te begripen, wêrom *Alice's Adventures in Wonderland* de Ingelske lêzers yn de tiid fan Victoria fuort oanspriek. Hjir wie common sense yn de eigenwize en wetige opmerkingen fan Alice, mar fermongen mei fantasy en humor yn de sabeare djipsinnichheden fan de Grevinne, de yn wêzen machteleaze tiranny fan de Hertekeninginne en yn de luftige boarterijkes mei serieuze wurden en siswizen. It woe de lêzers wol oan, foaral om't

Carroll noait kommentaar joech of mei in moraal kaam (hy sloech wol de draak mei it moralisearjen), en nimmen hoegde him dus oan it ferhaal te steuren of him deroan te stjitten. Wie it ferhaal ommers net in bernedream? Mar likegoed lei it Wûnderlan njonken de Ingelske doar, grinzge it absurde oan de realiteit. It ferhaal wie kleardernôch net in wyldseauwich optinksel fan in harsenleaze fantast, dat lêzen en fuort wer fergetten wurdt, mar in subtile boarterij mei de werklikheid. En dat is krekt de soarte fan humor, dy't de Ingelsken oansprekt. Men hoecht der *Punch* mar foar troch te blêdzjen en de Ingelske cartoons op nei te sjen: in lytse ferskowing fan in sa op it each ûnbetsjuttend detail fan de werklikheid, en dêr is de humor.

De humor is net de antipode (Alice neamt antipoden Antipathyen!) fan de realiteit; hy is te fergelykjen mei in bern, dat de trêften en tekoartkommingen fan syn wizere âlden faak dúdliker en klearder sjocht as dy âlden sels, mar mei niget en tagedienens. Op likernôch sa'n wize jout de humor, en benammen de Ingelske humor, faak in ferklearring fan de realiteit. Gjin niget dus, dat der noch suver alle dagen yn de Ingelsktalige lannen gebrûk makke wurdt fan de mooglikheden, dy't Lewis Carroll yn syn beide boeken mei Alice as haadpersoantsje jûn hat, om mei it grappige en it absurde, it reële en it ridlike to ferdúdlikjen.

Behalven ferdúdliking jout de humor ek oanfolling. Foar Lewis Carroll betsjutte de omgong mei Alice Liddell en oare bern de opfolling fan in manko yn syn gefoelslibben, dêr't er yn it foarmlike en yntellektuele fermidden fan Oxford gjin folling foar fine koe. Hy moat beseft, of alteast oanfield hawwe, dat de redenearringen fan folwoeksenen altyd manko's hawwe, wêr't de logika fan de bern dy net hat, om't bern it gat opfolje mei fantasy en humor. Yn dizze sin soe ús Fryske sizwize "eat mei de gek beslaan" net perfoarst in hurdhandige metoade hoege te betsjutten om de earnst oerboard te setten of de werklikheid net akseptearje te wollen, mar de sizwize kin dan krektlikegoed betsjutte: de gek, de humor, dêr op de earnst, de realiteit timmerje, wêr't dy holle of keale plakken fertoant, en dy sadwaande "hiel" te meitsjen. Sa is de humor tagelyk ferklearring en kompletearring fan de werklikheid, dy't dêrtroch begrypliker wurdt en efkes makliker to fernearen.

Ingelân en de Ingelsken hawwe wier wol slimmer perioaden trochwraksele as it Victoriaanske tiidrek, dat alteast noch in beskate sjarme hie. Folle sjarme foel der alteast net te ûntdekken yn Ingelân yn de Twadde Wrâldoarloch. De Ingelsken krigen, wat Churchill en Hitler har ûnthjitten hiene: bloed, swit, triennen, bommen, pún, deaden. Se krigen ek, en wol tagelyk, spitse Ingelske moppen by tûzenen en in hiele steapel boekjes mei poerbêste cartoons op striemin papier. (It Nederlânske ferset stie der yn as in lyts boerke op klompkes, dy't gnyskjend in knoop en in strik makke fan trochsniene spoarrails.) Ferskeidene fan dy cartoons hiene Alice of ien fan de figueren út *Alice's Adventures in Wonderland* as basis.

Alice is al oer de hûndert jier, mar se is noch altyd fris, fleurich en libben en noch altyd oarsaak fan bewûndering en fermeits foar bern, net minder as op dy goudene neimiddei fan fjouwer july 1862, doe't in jonge gelearde trije lytse famkes in ferhaaltsje fertelde.

Tiny Mulder
1964

Foreword to the first edition of 1964

One hundred years with Alice in Wonderland! The fourth of July, 1862, is a date that all the children of the world will remember with gratitude and joy. It was the day that "on the golden afternoon" the venerable and learned Mr Charles Lutwidge Dodgson, then thirty years old and lecturer at Christ Church College in Oxford, was rowing on the river with Professor Liddell's three daughters: Lorina, Alice, and Edith. They had tea, bread, and cookies with them and had a picnic on the shore along the way. "Tell us a story, Mr Dodgson!" And he began to tell one. It became a story about a girl called Alice, just like a girl like the little Alice Liddell. Dodgson on that beautiful, summery afternoon told them about an Alice who wandered into the underworld, a story full of strange encounters with strange animals, full of the most wonderful adventures with cakes and drinks, where Alice suddenly grew oh, so great or oh, so small, and of a "human" population made up of playing cards with arms and legs at the four corners.

When Dodgson halted his tale for a moment, the real Alice encouraged him to continue it and she added that in the story in particular a lot of fantastic things had to happen. Alice was his muse for this story, to which he gave the title *Alice's Adventures under Ground*, and which became famous all over the world under the title *Alice's Advemtures in Wonderland.* Alice also inspired him to the great story *Through the Looking-Glass* and the great poem *The Hunting of the Snark*; and she was an impatient muse, always asking for more. At Alice's urging, Dodgson wrote the story and even drew illustrations for it. At Christmas 1862 Alice Liddell received the manuscript with the drawings as a present. Alice and her siblings were excited and the whole circle of acquaintances of the Liddell family, adults as well as children, was enthusiastic. Dodgson had to publish the story. On 4 July 1865—at Dodgson's expense—*Alice's Adventures in Wonderland* appeared from Macmillan in London. But not with Dodgson's drawings! He had asked John Tenniel, a famous cartoonist for *Punch*, to illustrate the book. Tenniel made captions when the first print of *Alice* appeared. And Dodgson wrote straight to Macmillan that the prints did not appeal to him, they did not print well, and that he had decided to have a new print made. Copies of the rejected print had to be returned and distributed to hospitals, but Macmillan sold the rejected books to an American publisher, which have now become particularly rare and expensive. In December 1962, one copy was sold at a book fair for $16,000 (about 60,000 guilders). The second printing at Macmillan got the approval of both Dodgson and Tenniel. Dodgson's name, however, did not appear on the book. He chose as his pseudonym *Lewis Carroll*.

In the 1920s, Alice Liddell sold her manuscript of *Alice's Adventures under Ground*. The British Museum could not stand up to an American bidder, who paid the then hefty sum of $15,400 for it. Later, after a campaign among the American people, the manuscript was repurchased and presented as a donation to the British Museum in London.

Alice Liddell grew up to be a beautiful young woman. She married Mr Reginald Hargreaves. She invited the honourable Mr Charles Dodgson again at tea in Christ Church. But from the moment Dodgson had to deal with her and her sisters as grown women, they lost to him all reality. The Alice of his fantasy, however, became a little more dear to him a little longer.

Alice Liddell Hargreaves lived quietly and unobtrusively until the First World War. Two of her sons perished in the war. One day in 1920, at a party, her son Caryl overheard a few people arguing about whether Alice Liddell really existed. He persuaded his mother to write her memoirs. In the early 1930s, eighty-year-old Alice traveled to the United States to commemorate Charles Dodgson's 100th birthday. She became a doctor *honoris causa* of Columbia University "because she was the inspiration for one of the greatest literary works".

Alice's Adventures in Wonderland has been translated into every possible language since the 4 July 1862. Millions of children have read it as have many adults who have been so wise as to have not—or not definitively—cut ties with the children's land. Dozens of theatrical adaptations have been made of it, composers have drawn inspiration from it, artists and painters have teamed up to create new illustrations for *Alice*. You only have to go abroad to a good bookseller and you will probably find one or more editions of *Alice*: in paperback, but also in particularly luxurious editions, some with forewords by famous authors such as Alexander Woollcot and André Maurois: Indeed there is an edition entitled *La Aventuroj de Alicio en Mirlando*—something which, as everyone will understand, describes life in the underworld in Esperanto, but whoever is better at home in Arabic languages does not have to go through life without *Alice*.

Wa't Ingelsk kin, wurdt ek achte *Alice's Adventures in Wonderland* te kennen, want njonken de Bibel en Shakespeare is *Alice* it meast sitearre boek yn de Ingelsk-pratende lannen. It is hielendal gjin útsûndering as yn de gearkomsten fan it Britske parlemint Alice sels, de Wite Knyn, de gekke Huoddemakker, de Sliepermûs, de Hertekeninginne, de Sabeare Skyldpod of de Griffioen te help roppen wurde om yngewikkelde saken mei in sitaat helder te meitsjen. En men kin suver gjin Ingelsktalige krante opslaan, of *Alice* stiet der yn. Is it net yn de artikels en ferslaggen, dan wol yn de advertinsjes.

Anyone who knows English is also assumed to know *Alice's Adventures in Wonderland*, because besides the Bible and Shakespeare, *Alice* is the most quoted book in the English-speaking countries. It is by no means an exception when in the meetings of the British Parliament Alice herself, the White Knight, the Hatter, the Dormouse, the Duchess, the Mock Turtle, or the Gryphon are called on to help clear up complicated matters with a quote. And one can hardly find an English-language newspaper without Alice in it. She may not be in the articles and reports, but rather in the advertisements.

Whoever considers the biography of Charles Dodgson alias Lewis Carroll will often think of Robert Louis Stevenson's *Strange Case of Dr Jekyll and Mr Hyde*, that wonderful symbiosis of citizen and thug in one person under two names. Not that Dodgson-Carroll showed signs of being a combination of citizen-thug, but there must have been two distinct persons living in the revered and learned Mr Charles Dodgson. The theologian and mathematician taught the students of Christ Church College and he wrote scholarly books on mathematical issues. He was also a worthy photographer, and even wrote books about photography, that new marvel of fine technology. The friend of children Lewis Carroll lived far beyond the school walls and outside the circle of scholars in Oxford. He avoided dealing with adults and sought out the children he could entertain for hours with his fantastic stories and the games he invented himself. Even as a theologian he felt most in his place when he preached to children, and the children listened with seven pairs of ears.

While he made a little more of a name for himself as the author of children's stories, he also issued his publications of important mathematical works under his own name. As a scholar, he avoided publicity and constantly tried to escape the praise bestowed on Lewis Carroll. At one point he wrote: "Mr. C. L. Dodgson does not acknowledge any relationship with any pseudonym or with any book not published under his own name."

But to a child, he was happy to admit that he was Lewis Carroll, the author of *Alice's Adventures in Wonderland*, and usually gave such a child a free copy.

Lewis Carroll (as I will continue to call him here, because of his writing for children) seems to have been a somewhat stiff and awkward man in his outward appearance. He had a slight stutter and his stubborn manner of running made the long, delicate appearance immediately noticeable in the streets of Oxford, even though he was a single man and liked to be noticed as little as possible. Oxford considered him mad, but Alexander Woollcot writes that Carroll always found the community in Oxford as much as twisted madmen as they saw him. In fact, Carroll considered all people to be a little mad.

> "Wy binne hjir allegearre gek", sei de Siferske Kat tsjin Alice. "Ik bin gek. Jo binne gek."
>
> "Hoe witte jo, dat ik gek bin?" frege Alice.
>
> "Dat moat wol sa wêze", andere de Kat, "oars soene jo hjir net kommen wêze."

> "We're all mad here," said the Cypher-Cat: "I'm mad. You're mad."
> "How do you know I'm mad?" said Alice.
> "You must be," said the Cat, "or you wouldn't have come here."

"Here" is Wonderland, but it has more than a little in common with the English society in the time of Queen Victoria. At the same time, I think *Alice's Adventures in Wonderland* is an outburst—of absurditȳ—from the rigid corset of Victorian England's civic certainties and conventions. How much Queen Victoria, in her blinding lust for power, was convinced of her right to her unique position as bearer of crown and power, with circumstantial evidence with all sorts of historical facts, is perhaps the fact that she admired *Alice's Adventures in Wonderland* without any suspicious look at the Queen of Hearts and the Wicked Countess that wants a very strong proof. The literary critic of *The Spectator* was less naïve. He praised Carroll's book highly, but objected to the Hatter because he suspected him to be a caricature of Gladstone. Victoria was so excited that she asked Lewis Carroll to dedicate his next book to her. That book was, unfortunately for the Queen, a mathematical work entitled *An Elementary Treatise on Determinants*.

Did Lewis Carroll have his fun with that? As a pastor and lecturer, he appreciated careful forms of communication. When he had guests, he kept in a card system, where each had sat at table and what food and drink they had had, so that another time they would not get the same tablemates and the same food and drink again. But he could not prevent himself from getting into situations again and again, which strengthened his reputation of being strange. One day he came to a house where he thought he could find only children. For children, he would do anything. At home he always had frogs and mice, games and puzzles to entertain little guests, but this time, in a strange house, he had to think of something else. He crawled on hands and feet through the hallway to the door of the room and growled loudly and gruffly like a bear. He threw the door open and—came into a meeting of elderly women, who almost stared at him. Carroll did not say a word: he got up, turned round, closed the door behind him, and disappeared. Oxford again had something to talk about. Still, he taught there for about fifty years. Only once he did he travel outside England. He chose Russia for his trip abroad, a country where few people travelled at the time.

Of course, Carroll was often asked why he wrote *Alices Adventures in Wonderland*. He once wrote this answer: "The why of this book cannot, and need not, be put into words. Those for whom a child's mind is a sealed book, and who see no divinity in a child's smile would read such words in vain; while for any one who has ever loved one true child, no words are needed."

His bibliography covers over a hundred titles. He always worked hard, even when he was not strong, even when he was well over sixty. He was still healthy mentally and looked after his body's health, but suddenly he got the flu and within a few days he was already gone. That was on 14 January 1898. André Maurois commented on the death of Lewis Carroll: "*C'était une mort absurde. Naturellement.*"

Perhaps it's not so difficult to understand why *Alice's Adventures in Wonderland* immediately appealed to English readers in Victoria's time. There was common sense in Alice's idiosyncratic and witty remarks, but mixed with fantasy and humour in the Countess' pretended depths, in the Queen of Heart's essentially powerless tyranny, and in the airy playgrounds of serious words and sayings. It really appealed to the readers, especially because Carroll never commented or came up with a moral (he did beat the dragon with moralizing), and no one had to bother him with the story or push him to it. Wasn't the story a child's dream? But even as Wonderland lay beside the English door, it bordered the absurd on reality. The story was clearly not the wild-eyed reminiscence of a brainless fantasy that is read and forgotten again, but rather a subtle play with reality. And that's exactly the kind of humour that appeals to the English. All you have to do is browse through *Punch* and look at English cartoons: a slight shift from such a seemingly insignificant detail of reality, and there's the humour.

The humour is not the antipode (Alice calls antipodes Antipathies!) of reality; it is comparable to that of a child, who often sees the difficulties and shortcomings of his wiser parents more clearly and clearly than those parents themselves, but with nostalgia and devotion. In a similar way, humour, and especially English humour, often provides an explanation of reality. No wonder, then, that every day in the English-speaking countries the possibilities which Lewis Carroll has given in his two books with Alice as the main character are still used to deal with the funny and the absurd, the real and the to clarify the ridiculous.

In addition to clarification, the humor also provides a supplement. For Lewis Carroll, the interaction with Alice Liddell and other children meant the filling of a lack in his emotional life, for which he could not find a filling in the formal and intellectual environment of Oxford. He must have realized, or at least sensed, that the reasoning of adults always has shortcomings, where the logic of children does not have them, because children fill in the gaps with fantasy and humour. In this sense, our Frisian saying *eat mei de gek beslaan* 'do something mad' would not necessarily mean a harsh method of overcoming seriousness or refusing to accept reality, but the saying could just as well mean: the crazy, the humor, thereafter to hammer on the seriousness, the realtity, where it shows hollow or bare places, and thus to make it "whole". Thus humor is at the same time both explanation and completion of reality, which becomes more understandable and easier to bear for a while.

England and the English have indeed struggled through worse periods than the Victorian era, which at least still had a certain charm. Much charm was not to be discovered in England during the Second World War. The English got what Churchill and Hitler had promised them: blood, sweat, tears, bombs, rubble, deaths. They also received, and at the same time, sharp English jokes by the thousands and a whole stack of booklets with excellent cartoons on striped paper. (The Dutch resistance stood in it like a small peasant in clogs, grinning a knot and a bow made of cut railroad tracks.) Several of these cartoons were based on Alice or one of the other characters from *Alice's Adventures in Wonderland*.

Alice is already over a hundred years old, but she is still fresh, cheerful, and alive, and still a cause of admiration and amusement for children, no less than on that golden afternoon in July 1862, when a young scholar told three little girls a story.

Tiny Mulder
1964

De aventoeren fan Alice yn Wûnderlân

Ynhâld

It is in gouden sinnedei
    En súntsjes driuwe wy,
Want it roeien mei de riemen is
    Foar lytse earmkes nij.
Wylst wize lytse hannen ’t paad
    Ut kleare boarterij.

O, Trio wreed! Om op dit stuit,
    Sa myld, sa sêft it wyntsje,
Te freegjen om in nij ferhaal
    Mei stimkes leaf en fyntsjes!
Mar wat kin ien tsjin trije dwaan?
    Se hawwe jin oan ’t lyntsje.

De Earste seit fol ûngeduld:
    “Begjinne! No direkt!”
Twa wol allinne in ferhaal
    Dêr’t gekkichheid yn stekt.
Wylst Trije – o, net al te faak –
    It teltsje ûnderbrekt.

Dan folgje sy oandachtich mei
    Har bernefantasij
It dreambern, dwalend troch it lân
    Fan wûnders, frjemd en nij,
Dat moai mei bist en fûgel praat.
    De helte leauwe sy.

As soms 't ferhaal net fierder wol –
    De fantasij is op –
En de ferteller skjin ynein,
    Foarsichtich seit: "Ik stop.
't Ferfolch komt letter." – Dan: "O, nee!
't Is letter!" klinkt de rop.

Sa woeks 't ferhaal fan Wûnderlân
    By stikjes, sûnder pinne,
Mei alle mâl en alle moai
    Sa't goede teltsjes binne.
't Ferhaal is út. De roeiers gean'
    Nei hûs yn goudene sinne.

Alice! In berneteltsje. Nim
    En lis 't mei hoedene hân
Wêr't bernedreamen frissele
    Binne yn geheim ferbân;
In drûge blommekrâns allyk,
    Plôke yn in fier, fier lân.

Haadstik I

Yn it kninehoal

Alice krige der skjin har nocht fan om by har suster oan 'e kant fan it wetter te sitten en neat te dwaan. Se hie al ris mei in skean each yn it boek sjoen, dêr't har suster yn siet te lêzen, mar der stiene gjin printsjes en gjin petearen yn. "En watfoar sin hat in boek," tocht Alice, "sûnder printsjes of petearen?"

Hja tocht der krekt oer nei (sa goed as hja koe, want it waarme waar makke har slûch en sleau) oft de wille fan it meitsjen fan in koblomkeskeatling de muoite fan it oereinkommen en it plôkjen fan de koblomkes wol wurdich wie, doe't ynienen in wite Knyn mei reade eagen deun by har lâns draafde.

Dat wie net sa *bjuster* opmerklik, en Alice seach der ek net sa *bjuster* nuver fan op, doe't hja de Knyn by himsels sizzen hearde: "O hea! O hea! Ik kom grif te let!" (doe't se der letter oer neitocht, betocht se, dat hja der wol nuver fan opsjen moatten hie, mar op it stuit like it har hiel gewoan ta); mar doe't de Knyn wier-wier *in horloazje út syn festjebûse helle,* der op seach en doe fierder draafde, sprong Alice oerein, want it skeat har yn it sin, dat hja noch noait earder in knyn sjoen hie mei in festjebûse, noch mei in horloazje om der ta'n út te heljen, en baarnend fan nijsgjirrichheid draafde se dwers troch de greide efter him oan, en kaam krekt op 'e tiid om te sjen, dat er yn in grut kninehoal ûnder de hage plofte.

In tel letter skeat Alice efter him oan nei ûnderen, sûnder der ek mar in eagenblik by stil te stean, hoe't hja oait wer werom komme soe.

It kninehoal gie in eintsje rjochtút, krekt as in tunnel, en bûgde doe hommels nei ûnderen, sa hommels, dat Alice gjin tiid hie om te betinken, oft se miskien ek better hohâlde koe, en se fernaam, dat se nei de bedelte foel troch in soarte fan tige djippe put. It iene of it oare: óf de put wie o sa djip, óf se foel o sa stadich, want wylst se nei ûnderen foel hie se de romte fan tiid om om har hinne te sjen en harsels ôf te freegjen wat der fierder barre soe.

Yn it foarste plak besocht se nei ûnderen te sjen om út te finen wêr't hja hinne foel, mar it wie te tsjuster om wat te sjen; doe seach se nei de sydkanten fan de put en ûntdiek dat dy fol kasten en boekeplanken wiene; hjir en dêr seach hja kaarten en printen, dy't oan heakken hingen. Yn it foarbygean snapte se in jampot fan ien fan de planken; der stie op fan "SINESAPPELJAM", mar ta har grutte teloarstelling wie er leech. Se woe de pot leaver net falle litte, want hy mocht ris immen dêrûnder deadzje. It slagge har de pot yn ien fan de kasten te setten, wylst se dêr foarby foel.

"No," tocht Alice by harsels, "nei sok in fal as dizze, jou ik der fansels neat mear om as ik fan de trep fal. Wat sille memen-dy my in baas fine! Ik soe wier net ienris in kik jaan as ik fan it dak ôf falle soe!" (Dat koe grif wol ris sa wêze.)

Hieltyd, hieltyd fierder nei ûnderen. Soe dat fallen *noait* ophâlde? "Ik bin benijd hoefolle kilometers ik no al fallen bin," sei se lûdop. "Ik moat wol hast earne by it mulpunt fan 'e ierde wêze. Stil ris: dat soe seistûzen kilometer wêze, tink," – want, sjochst, Alice hie fan soksoarte dingen it ien en oar leard op skoalle, en al wie dit dan net in útsochte gelegenheid om op te snijen oer har kennisse om't der nimmen nei har harke, it wie dochs noait wei soks ris te rippetearjen – "ja, safier sil it sawat wêze – mar dan freegje ik my al ôf op hokker Lingtegraad of Breedtegraad ik bedarre bin." (Alice hie gjin idee wat in Lingtegraad wie, en in Breedtegraad allikemin, mar se fûn it prachtige, gelearde wurden om te sizzen.)

Se begûn no op 'e nij: "Soe ik no dwers troch de ierde falle? Wat soe dat snoad wêze om út te kommen by de lju, dy't mei de hollen nei ûnderen rinne! De Antipatyen hjitte se, leau 'k –" (hja wie diskear mar bliid, dat der nimmen nei har harke, want it hearde alhiel net goed) "– mar ik sil harren freegje moatte nei de namme fan it lân, sjochst. Mefrou, kinne jo my ek sizze oft dit Nij-Seelân is of Australië? (en hja besocht ûnder it praten wei in lytse bûging te meitsjen – stel dy foar, in *bûging* meitsje ûnder it fallen! Soesto dat klear spylje?) "En wat sil se my in dom famke fine om soks te freegjen. Nee, freegje kin net. Miskien sjoch ik it wol earne op in buordsje."

Hieltyd, hieltyd fierder nei ûnderen. Hja hie neat oars te dwaan en dêrom begûn Alice al gau wer te praten. "Dina sil my jûn wol slim misse, nim ik oan!" (Dina wie de kat.) "Ik hoopje mar, dat se om har bakje molke tinke om teetiid. Dina, myn skat, ik woe datst hjir ûnder by my wieste! Der binne hjir gjin mûzen, ha 'k soarch, mar do koest miskien in flearmûs fange en dy hat gâns fan in mûs, witste. Mar ite katten flearmûzen? Soene mûzen flearmûzen bite?" En doe waard Alice frijwat slûch en hja sei oanienwei dreamerich yn harsels: "Bite katten flearmûzen? Bite mûzen flearmûzen?" en bytiden: "Ite flearmûzen flearkatten?" want sjochst, as se dochs net ien fan dy fragen beänderje koe, koe it ek net safolle skele, hoe't se de fragen stelde. Se fielde, dat se yn 'e slom rekke. Krekt begûn se te dreamen, dat se hân yn hân mei Dina kuiere, en krekt sei se tige earnstich tsjin har: "Dina, sis my earlik hoe't it sit: Hasto wolris in flearmûs opiten?", doe't hja hommels, rommelebom! delkaam op in heap twychjes en drûge blêden, en it fallen wie oer.

Alice hie har alhiel net sear dien en stie yn in tel oerein. Hja seach omheech, mar it wie dêrboppe tsjuster. Foar har lei wer in lange gong en de Wite Knyn wie noch yn 't sicht. Hy draafde de gong del. Hja hie gjin tel te ferspyljen, as de wyn sette Alice ek de gong yn en se wie noch krekt op 'e tiid om te hearren, dat er sei: "O, myn earen en snorhierren, wat is it al let!" Se wie deun efter de Knyn doe't se om 'e bocht kaam, mar hja seach him net mear. Alice stie yn in lange, platte seal, dy't ferljochte waard troch in rige lampen oan de souder.

By alle muorren lâns wiene doarren, mar dy sieten allegearre yn ’t slot; en doe’t Alice hielendal de iene muorre bylâns west hie, doe hielendal werom de oare muorre bylâns en alle doarren besocht hie, rûn hja ferslein nei de midden en frege har ôf, hoe’t hja hjir oait wer wei komme soe.

Ynienen seach se in tafel op trije poaten stean, hielendal makke fan tsjok glês. Der lei neat op, behalve in lyts gouden kaike, en Alice tocht fuort, dat dat wolris passe koe op ien fan de doarren yn de seal. Mar och hea, óf de slotten wiene te grut, óf de kaai wie te lyts, yn elk gefal koe se der net ien doar mei iepen krije. Doe’t hja lykwols foar de twadde kear de doarren prebearre, fûn se in gerdyn koart boppe de flier, dat se de earste kear net opmurken hie, en dêrefter wie in doarke, sa’n fiifentweintich sintimeter heech. Hja stiek it gouden kaike yn it slot, en ta har grutte blydskip paste it!

Alice treau it doarke iepen en seach, dat dêr in gonkje wie, net folle grutter as in rottehoale. Se gyng op ’e knibbels lizzen en seach troch it gonkje yn 'e moaiste tún, dy't in minske oait sjoen hat. Wat woe hja graach út dy tsjustere seal wei en kuierje tusken dy perken mei kleurige blommen en dy koele fonteinen, mar se koe net ienris de holle troch it doarsgat krije. "En sels al koe myn holle der troch," tocht de earme Alice, "dat soe noch net folle jaan sûnder myn skouders. O, wat woe ik graach, dat ik ynelkoar skowe koe as in fierrekiker, sa'n langen-ien foar ien each. Dat soe ik grif wol kinne, tink, as ik mar wist hoe't ik begjinne moat." Want, sjochst, der wiene it lêste skoft al safolle ûngewoane dingen bard, dat Alice no tocht, dat der yndied mar o sa'n lyts bytsje dingen folslein ûnmooglik wiene.

It like gjin doel te hawwen en wachtsje langer by it doarke, en dus gie hja werom nei de tafel, heal yn 'e hope, dat se dêr noch in kaai fine soe, of yn alle gefallen in boek mei regels, hoe't minsken ynelkoar skowe kinne as fierrekikers. Diskear fûn se in fleske op 'e tafel ("dat hjir niis fêst net wie," sei Alice), en om 'e hals fan 'e flesse wie in kaartsje bûn mei de wurden "DRINK MY" der op, prachtich printe yn grutte letters.

It wie maklik sizzen: "Drink my", mar de ferstannige lytse Alice wie dêr fuort noch net oan ta. "Nee, ik sil earst goed sjen," sei se, "oft der ek 'fergif' op stiet." Want se hie al ferskeidene aardige ferhaaltsjes lêzen oer bern, dy't ferbrând wiene of opiten troch wylde bisten en oare ûnoangename dingen belibbe hiene, allinne om't hja de ienfâldige regels, dy't har freonen har leard hiene, net ûnthâlde woene, lyk as, datst dy brânst oan in readgleone pook, ast him te lang beethâldst, en dat, ast dy tige djip yn 'e finger snijst mei in mes, der almeast bloed komt. En it wie Alice noait fergetten, dat ast tefolle drinkst út in flesse mei "fergif" derop, it dy ier of let net goed bekomme sil.

Lykwols, op dizze flesse stie net "fergif" en dêrom doarst Alice der wol fan te priuwen. En om't hja it spul o sa lekker fûn (it smakke om krekt te wêzen nei kersetaart, puddingbrij, ananas, brette kalkoen, toffee en bakte bôle mei bûter trochelkoar), hie hja it fleske al gau leech.

"Wat in nuver gefoel!" sei Alice. "Ik sko grif yn elkoar as in fierrekiker."

En sa wie it ek. Hja wie no mar sa'n fiifentweintich sintimeter lang, en har gesicht klearre alhiel op, doe't hja betocht, dat se no krekt de goede mjitte hie om troch it doarke nei de tún te gean. Mar earst die hja it har noch in pear minuten oan tiid om te sjen oft se noch fierder krimpe soe. "Want it koe der ris op útdraaie, witst," sei Alice tsjin harsels, "dat ik hielendal útgean, krekt as in kears. En hoe soe ik der dan útsjen?" En se besocht har yn te tinken, hoe't de flam fan in kears der útsjocht, nei't de kears útblaasd is, want it mocht har net heuge, dat hja soks oait sjoen hie.

Nei in hoartsje, doe't hja seach, dat der fierder neat barde, besleat se om mar fuort nei de tún te gean. Mar, och stakker, dy earme Alice! Doe't se by it doarke kaam, murk se, dat se it kaike fergetten hie, en doe't se werom kaam by de tafel, fernaam se, dat se der mei gjin mooglikheid by koe. Hja koe it dúdlik lizzen sjen troch it glês hinne, en se die har uterste bêst om by ien fan de tafelspoaten omheech te klatterjen, mar hy wie te glêd. En doe't hja skjin ynein wie fan it klatterjen om 'e nocht, gie it earme lytse ding sitten en skriemde.

"Kom, sok gûlen jout neat!" sei hja frijwat boas tsjin harsels. "Ik jou dy de rie der fuortdaliks mei op te hâlden!" Se joech harsels almeast tige goede rie (alhoewol't hja dy rie komselden opfolge), en bytiden makke se harsels sa út, dat se de triennen derfan yn 'e eagen krige, en it heugde har ek noch, dat hja ris besocht hie harsels om 'e earen te slaan, om't se falsk spile hie by in spultsje, dat se mei harsels dien hie, want dit wûnderlike bern mocht tige graach beare, dat hja twa minsken wie. "Mar it hat no gjin doel," tocht de earme Alice, "om te bearen, dat ik twa minsken bin! Der is ommers mar krekt genôch fan my oer om der ien fatsoenlik minske fan te meitsjen!"

Al gau foel har each op in glêzen doaske, dat ûnder de tafel lei. Hja makke it iepen en fûn der in hiel lyts koekje yn, dêr't mei moaie letters fan krintsjes op stie: "YT MY OP". "No, dat sil ik mar opite," sei Alice. "As ik der grutter fan wurd, kin ik by de kaai, en as ik der lytser fan wurd, kin ik ûnder de doar trochkrûpe. Dus, wat der ek bart, ik kom altyd yn 'e tún, en oft ik no grutter of lytser wurd, dat kin my neat skele."

Hja iet in hapke en sei benijd tsjin harsels: “Hokker kant út? Hokker kant út?” wylst se de hân boppe op de holle hâlde om te fielen oft hja omheech of omleech gie, en hja wie frijwat ferheard, doe’t se fielde, dat se gelyk bleau. No bart dat oer it generaal altyd as men in koekje opyt, mar Alice wie der al sa ta wend, dat der neat oars as wûnderlike dingen barden, dat it har mar ferfeelsum talike, dat it libben syn gewoane gong gie.

Dêrom iet se mar wer fierder en hja hie al gau it koekje op.

*   *   *   *
  *   *   *
*   *   *   *

Haadstik II

De poel fan triennen

"Frjemd, noch frjemder, en frjemderst!" rôp Alice (se wie sa ferheard, dat foar in eagenblik fergeat se alhiel goed te praten), "no sko ik út as de grutste fierrekiker, dy't der oait west hat. Goeie, fuotten!" (want doe't hja nei ûnderen seach nei har fuotten, wiene se omtrint út it sicht, sa fier fuort). "O, myn earme fuotsjes. Wa sil no jimme de hoazzen en skuon oandwaan, myn popkes? Ik kin it fansels net mear dwaan! Ik bin aanst fierstente fier fuort om my mei jimme te bemuoien. Jimme moatte jimme mar sa goed mooglik rêde. Mar ik moat al aardich foar har wêze," tocht Alice, "want oars wolle se miskien net de kant útrinne, dy't ik wol. Wachtsje ris: ik sil se alle jierren mei Krysttiid in pear nije learzens jaan."

En se makke al plannen, hoe't hja dat hawwe soe. "De learzens moatte mar mei de frachtrider," tocht hja. "Wat sil it nuver wêze om presintsjes te stjoeren nei jins eigen fuotten! En wat sil it adres der wûnder útsjen!"

Oan de Hear Alice har Rjochter Foet
Kachelskleedsje
by de Kachelsplaat
(mei de groetnis fan Alice)

O, stakker, wat in ûnsin bepraat ik!"

Krekt op dat stuit stjitte Alice de holle tsjin de souder fan de seal. Se wie no wier sa'n trije meter lang, en fuort pakte se it gouden kaike en draafde dermei nei de doar fan de tún. Earme Alice! Se koe allinne mar op 'e side lizzen gean en mei ien each troch de doar nei de tún sjen. Mar om yn 'e tún te kommen, dat wie hopeleazer as oait. Hja gyng sitten en begûn op 'e nij te skriemen.

"Do hearst dy te skamjen," sei Alice, "sa'n grut fanke as do (dat koe hja no mei rjocht sizze) en dan sa te skriemen! Hâld der fuort mei op, sis ik dy!" Mar se skriemde lykwols troch en gûlde liters triennen oant der in grutte poel om har hinne lei, sa'n tsien sintimeter djip, dy't de heale seal besloech.

Nei in hoartsje hearde hja lichte fuotstapkes yn 'e fierte, en se drûge hastich har triennen om te sjen wa't dêr oan kaam. It wie de Wite Knyn dy't weromkaam, prachtich yn 'e klean, mei in pear wite glasee-wanten yn ien hân en in grutte waaier yn de oare. Hy kaam der yn tûzen hasten oandraven en mompele ûnderwilens tsjin himsels: "Oh! De Grevinne, de Grevinne! O, wat sil se poer wêze as se op my wachtsje moatten hat!" Alice fielde har sa wanhopich, dat se wie by steat en freegje wa dan ek om help. Doe't de Knyn tichteby har wie, sei se dus mei in sêft dimmen stimke: "Mynhear, soene jo –" De Knyn waard heislik kjel, liet de wanten en de waaier falle, en glûpte sa hurd as er koe nei in tsjuster hoekje.

Alice krige de wanten en de waaier op en om't it slim hjit wie yn de seal waaide hja harsels kuolte ta wylst se fierder prate: "O, heden, heden. Wat is alles hjoed dochs nuver! En juster wie alles noch sa gewoan. Soe ik miskien fannacht feroare wêze? Stil ris: wie ik noch gelyk, doe't ik fan 'e moarn fan it bêd ôf kaam? Ik tink hast, dat ik my al in bytsje oars fielde. Mar as ik net gelyk bin, dan is de folgjende fraach: Wa bin ik dan yn 'e goedichheid? O, dat is it grutte riedsel!" En hja tocht ris nei oer al de bern fan har leeftiid, dy't se koe, om nei te gean oft se mooglik feroare wie yn ien fan harren.

"Ik bin yn elk gefal Ada net," sei se, "want dy hat fan dy lange pipekrollen, en ik haw hielendal gjin pipekrollen. En ik kin ek fêst Mabel net wêze, want ik wit in hiele protte dingen, en hja, o, hja wit sa'n lyts bytsje! En boppedat: hja is hja, en ik bin ik, en – o stakker, wat is it in tizeboel! Ik sil ris besykje oft ik alles noch wit, wat ik foarhinne wist. Wachtsje ris: fjouwer kear fiif is tolve, en fjouwer kear seis is trettjin, en fjouwer kear sân is – o, o! Sa kom ik noait oan tweintich ta! Mar de Tafel fan Fermannichfâldiging bewiist ek neat. Lit my Ierdrykskunde ris besykje. Londen is de haadstêd fan Parys, en Parys is de haadstêd fan Rome, en Rome – nee, dat is glêd ferkeard. Ik bin grif yn Mabel feroare! Ik sil ris besykje op te sizzen fan '*Hoe warber wriuwt de krokodil –*'." Hja lei de hannen krúslings yn 'e skoat as soe se in leske opsizze en begûn. Mar har stim klonk heas en frjemd en de wurden kamen net lyk as oars:

"Hoe warber wriuwt de krokodil
Syn sturt ta gloede op
En jit de wetters fan de Nyl
Oer elke gouden skob.

Hoe freonlik glimket er, sa blij.
Hoe moai is 't skobbich tek.

Hy hellet fiskjes yn, gastfrij,
Mei blikkerjende bek."

"Mar dat binne grif de goede wurden net," klage de earme Alice en de triennen kamen har alwer yn 'e eagen. "Ik moat dochs Mabel wêze," sei se, "en no moat ik yn dat nearzige húske wenje en dan haw ik hast hielendal gjin boartersguod, en o, wat moat ik dan in soad lessen leare! Nee, hear, as ik Mabel bin, dan bliuw ik hjir! Se hoege har hollen net yn dizze hoale te stekken en te sizzen: 'Kom mar gau wer boppe, leave!' Dan sjoch ik allinne mar efkes omheech en sis: 'Wa bin ik dan? Sis my dat earst en dan, as ik dy persoan graach wêze wol, gean ik omheech, en sa net, dan bliuw ik hjirûnder oant ik immen oars bin,' – mar, o, o!" gûlde Alice ynienen, wylst har de triennen samar út de eagen spatten, "Ik woe, dat se de hollen mar al yn dizze hoale stieken! Ik haw sa skjin myn nocht fan it allinne wêzen!"

Wylst hja dit sei, seach se nei de hannen. Se wie ferheard doe't se seach, dat hja ûnder it praten wei ien fan de wite glasee-wantsjes fan de Knyn oandien hie. "Hoe kin dat?" tocht se. "Ik wurd grif wer lytser." Se kaam oerein en rûn nei de tafel ta om har dêrneffens te mjitten. Foar safier't hja it rûze koe wie se no sa'n heale meter lang en se kromp noch hurd fierder. Hja fernaam al gau, dat de waaier yn har hân de oarsaak wie, en se liet him gau falle, krekt op 'e tiid om foar te kommen, dat se hielendal fuortkrimpe soe.

"Dat wie op it kantsje ôf!" sei Alice, frijwat kjel fan de feroaring, dy't sa ûnferwachts bard wie, mar o sa bliid, dat hja noch bestie. "En no nei de tún!" en se fleach werom nei it doarke, mar och hea, it doarke siet wer yn it slot en it gouden kaike lei, krekt as niis, op de glêzen tafel, "en alles is noch helte slimmer as fan tefoaren", tocht it earme bern, "want sa lyts haw ik noch noait west, noch noait! En ik sis, dat it slim is, ja, slim, dat is it!"

Wylst se dit sei glied har foet út en yn in eachwink foel hja, ploemp! oan it kin ta yn sâlt wetter. Har earste gedachte wie, dat se op de iene of oare wize yn 'e see fallen wie, "en yn dat gefal kin ik werom mei de trein", sei se by harsels. (Alice hie ienkear yn har libben nei see ta west, en hja hie de yndruk krige, dat jo by de hiele kust lâns in protte strânstuollen op it strân fine, wat bern, dy't mei houtene skepkes yn it sân dolle, dan in rige simmerhúskes en pensjons en dêrefter in spoarstasjon.) Hja fûn lykwols al gau út, dat se telâne kommen wie yn de poel fan triennen, dy't se gûld hie, doe't se trije meter lang wie.

"Ik woe, dat ik net safolle gûld hie!" sei Alice, wylst se rûnswom om in plakje te finen, dêr't hja derút komme koe. "Dêr wurd ik no grif foar straft mei't ik aanst ferdrink yn myn eigen triennen! Dat sil nuver wêze! No, alles is ommers nuver hjoed."

Op dat stuit hearde se op in lytse distânsje wat sparteljen en se swom derhinne om te sjen wat it wie. Earst tocht se, dat it in walrus of in nylhoars wêze moast, mar doe betocht se, hoe lyts as se sels wie, en se fûn al gau út, dat it mar in mûs wie, dy't útgliden wie, krekt as hjasels.

"Soe it wol wat jaan," tocht Alice, "om no mei dy mûs te praten? Alles is hjirûnder sa frjemd, dat dy mûs sil ek wol prate kinne. It kin yn alle gefallen gjin kwea en besykje it." En dus begûn se: "O, Mûs, witte jo de wei út dizze poel? Ik bin sa wurch fan it swimmen. O, Mûs!" (Alice tocht wol, dat dit de goede manier wie om in mûs oan te sprekken. Se hie it nammers noait earder dien, mar stie der yn har broer syn Latynske grammatika net sokssawat?) De Mûs seach har frijwat benijd oan en it like har ta, dat er knypeage mei ien fan syn lytse eachjes, mar hy sei neat.

"Miskien ferstiet er my wol net," tocht Alice. "Ik leau grif, dat it in Frânske mûs is, dy't oerkommen is mei Willem de Feroverder." (Want, hoefolle Alice ek ôfwist fan skiednis, it stie har net helder foar de geast hoe lang lyn alles bard wie.) En dus begûn hja mei: "Où est ma chatte?" Dat wie nammers de earste rigel út har Frânsk learboekje. De Mûs sprong ynienen heech boppe it wetter út en hy like wol alhiel te triljen fan eangst. "O, nim my net kwea!" rôp Alice hastich, bang dat se it dierke op it sear kommen wie. "Ik fergeat alhielendal, dat jo net oer katten meie."

"Net oer katten meie!" rôp de Mûs mei in skril, senuweftich stimke. "Soene jo oer katten meie as jo my wiene?"

"No, miskien wol net," sei Alice freonlik. "Wês der mar net lulk om. En dochs woe ik, dat ik jo ús kat Dina sjen litte koe. Ik leau grif, dat jo aardichheid oan katten krigen, as jo har mar ris moetsje koene. It is sa'n leaf, rêstich bistke." Alice prate mar fierder tsjin harsels, wylst se lui yn de poel omswom. "En se sit sa moai te spinnen by de kachel. Dan slikket hja de poatsjes en wasket it snútsje en se is sa hearlik sêft om mei te koesen – en se is sa tûk yn it mûzefangen! O, nim my net kwea!" rôp Alice wer, want diskear skodde de Mûs oer syn hiele lea, en Alice fielde, dat se him no wier op it sear kommen wie. “Wy sille net mear oer Dina prate, as jo it leaver net hawwe.”

“Wy? Hoe komme jo derby!” rôp de Mûs, dy’t trille oant it puntsje fan syn sturt. “Hoe soe ik oer sa’n ûnderwerp prate wolle! Us famylje hat katten altyd hate, katten, dy smoarge, gemiene, ordinêre bisten! Lit my de namme net ienris mear hearre!”

“O nee, hear,” sei Alice. Hja woe graach sa gau mooglik oer wat oars begjinne. “Meie jo – meie jo – graach oer – oer hûnen?” De Mûs andere net en dêrom gie Alice optein fierder: “Tichte by ús hawwe se sa’n aardich hûntsje, dat ik jo graach ris sjen litte woe! In lytse terrier mei ferstannige eagen, witte jo wol, en mei lang en krollich brún hier! Hy bringt alles werom, wat wy fuortsmite, en hy giet moai sitten foar syn iten en hy kin noch folle mear, – ik kin it allegearre net ienris sa gau betinke. En hy is fan in boer, en dy seit, dat er wol tûzen gûne wurdich is! Hy seit, dat er alle rotten fangt en – o, leave!” rôp Alice ûntdien. “Ik bin bang, dat ik him alwer op it sear kommen bin!” De Mûs swom teminsten fuort, sa hurd as er koe en makke dêrby frijwat dining yn ’e poel.

Hja rôp him sêft nei: "Mûs, leave! Kom dochs werom en dan sille wy net wer oer katten en hûnen prate, as jo se net lije meie!" Doe't de Mûs dat hearde, draaide er him om en swom stadich werom nei Alice. Syn gesicht wie frijwat bleek (fan oerstjoerens, tocht Alice) en hy sei mei in djippe, triljende stim: "Lit ús nei de wâl gean, en dan sil ik jo myn libbensferhaal fertelle, en dan sille jo wol begripe, wêrom't ik katten en hûnen haatsje."

It wie de heechste tiid om fuort te gean, want de poel rekke aardich fol mei fûgels en bisten, dy't deryn fallen wiene. Der wie in Ein en in Dodo, in Lorre en in Earnejong, en ferskeidene oare nijsgjirrige skepsels. Alice swom foarop en de hiele kloft swom nei de fêste wâl.

Haadstik III

In ferkiezingsstriid en in lang refrein

It wie wier in wûnderlik troepke, dat dêr byinoar stie op 'e wâl: de fûgels mei fize, wiete fearren, de bisten mei hier, dat tsjin har oan plakte, en allegearre dweiltrochwiet, brûkel en huverich.

De earste frage wie fansels hoe't hja wer drûch wurde soene. Hja rieplachten dêr meiïnoar oer en nei in pear minuten like it Alice alhiel fanselssprekkend ta, dat se gewoan mei de dieren prate, as hie se harren har hiele libben al kend. Se hie sels in lange wurdestriid mei de Lorre, dy't op 't lêst dwers waard en allinne mar mear sei: "Ik bin âlder as jo en dus wit ik it better." Mar dat woe Alice net tajaan as hja net wist hoe âld as er wie en om't de Lorre perfoarst net sizze woe hoe âld, wie it praat út.

Op 't lêst rôp de Mûs, dy't in persoan fan kwizekwânsje like te wêzen ûnder de dieren: "Gean allegearre sitten en harkje nei my. Ik sil jimme ris gau drûch meitsje!" Hja gyngen allegearre sitten yn in grutte rûnte mei de Mûs yn 'e midden.

Alice seach benijd nei de Mûs, want se fielde it oankommen, dat se slim kjeld skypje soe as se net hiel gau drûch waard.

"Ahum!" sei de Mûs plechtich. "Binne jimme allegearre ree? Dit is it drûchste dat ik wit. Stilte allegearre astebleaft! 'De Ingelsen, dy't ferlet hiene fan lieders, en de lêste tiden frijwat te lijen hân hiene fan machtsstriid en geweld, joegen har al gau del ûnder Willem de Feroverder, waans stribjen stipe krige fan de paus. Edwin en Morcar, de greven fan Mersia en Noardumbrje –'"

"Uche," sei de Lorre en hy huvere.

"Nim my net kwea ôf," sei de Mûs mei in tear yn de foarholle, mar tige hoflik, "seine jo wat?"

"Ik net!" sei de Lorre gau.

"O, ik tocht it," sei de Mûs. "Ik gean fierder. 'Edwin en Morcar, de greven fan Mersia en Noardumbrje, ferklearren har foar Willem de Feroverder, en sels Stigand, de patriottyske aartsbiskop fan Canterbury fûn it riedsum –'"

"Fûn *wat?*" sei de Ein.

"Fûn *it,*" andere de Mûs frijwat noartich. "Do witst fansels wol wat 'it' betsjut."

"Ik wit hiel bêst wat 'it' betsjut, as ik wat fyn", sei de Ein, "it is almeast in kikkert of in wjirm. De frage is: wat fûn de aartsbiskop?"

De Mûs hearde net nei dizze frage, mar gie hastich fierder: "'– fûn it riedsum om mei Edgar Atheling mei te gean nei Willem ta en him de kroan oan te bieden. Willem syn optreden wie yn it earstoan skaplik. Mar de brutaliteit fan syn Normandiërs –' Hoe is it no mei dy, leave?" gie de Mûs fierder en hy seach Alice oan.

"Noch krektlike wiet as niis," sei Alice mismoedich. "Ik leau, dat ik der hielendal net drûger fan wurd."

"Yn dat gefal," sei de Dodo plechtich en hy riisde oerein, "stel ik út, dat dizze gearkomste skorst wurdt en fuort oergiet ta it fêststellen fan yngripender maatregels –"

"Sprek dyn memmetaal!" sei it Earnejong. "Ik ken fan de helte fan dy wurden de betsjutting net en boppedat leau ik, datst se sels ek net begrypste!" En it Earnejong bûgde de kop om in glimke te ferbergjen. Guon fan de fûgels tsjotteren lûdop.

"Wat ik sizze woe," sei de Dodo op in misledige toan, "wie, dat wat ús it bêste drûch krije kin in ferkiezingsstriid is."

"Wat is in ferkiezingsstriid?" sei Alice. Net, dat hja der sa slim benijd nei wie, mar de Dodo hie him efkes stilhâlden krekt as ferwachte er, dat der dochs immen wat sizze soe, mar net ien fan de oaren like fan doel te wêzen wat te sizzen.

"No," sei de Dodo, "de bêste manier om dat út te lizzen is it spultsje te dwaan." (En om't jimme it sels miskien ek ris besykje wolle op in reinige dei, sil ik jimme fertelle, hoe't de Dodo it die.)

Om te begjinnen sette er in wedstriidbaan út, in soarte fan sirkel ("de foarm komt net sa krekt," sei er), en doe waarden alle oanwêzigen hjir en dêr yn de baan opsteld. Der wie gjin "Ien, twa trije, los!" by, mar elk begûn mar te rinnen as it him goed tocht en hâlde op as er syn nocht hie, dat it wie min te sizzen wannear't de wedstriid ôfrûn wie. Lykwols, doe't hja sa'n heal oere draafd hiene en allegearre wer aardich drûch wiene, rôp de Dodo ynienen: "De wedstriid is ôfrûn!" Se giene allegearre om him hinne stean en fregen hymjend: "Wa hat it no wûn?"

Dizze frage koe de Dodo net beänderje sûnder der djip oer nei te tinken, en hy siet in hiel skoft mei ien finger tsjin de foarholle (de hâlding, dêr't men almeast Shakespeare yn sjocht op plaatsjes), wylst de oaren swijend wachten. Op 't lêst sei de Dodo: "*Elkenien* hat it wûn en *elk* moat in priis hawwe."

"Mar wa moat de prizen jaan?" fregen se yn koar.

"*Hja* fansels," sei de Dodo en wiisde mei ien finger nei Alice. It hiele selskip krong fuort op har ta, wylst hja trochinoar rôpen fan: "Prizen! Prizen!"

Alice wist net wat se dwaan moast. Yn wanhoop taaste se yn 'e bûse en helle dêr in doaske mei suertsjes út (lokkigernôch wie it sâlte wetter dêr net yn kommen) en dielde dy om as prizen. Hja hie krekt genôch foar allegearre.

"Mar jo moatte sels ek in priis hawwe," sei de Mûs.

"Fansels," andere de Dodo earnstich. "Wat hawwe jo oars noch yn 'e bûse?" gyng er fierder, wylst er nei Alice ta rûn.

"Allinne mar in naairing," sei Alice dimmen.

"Jou dy my ris," sei de Dodo.

Doe krongen se allegearre op 'e nij om har hinne, wylst de Dodo har plechtich de naairing oanbea en sei: "Wolle jo sa goed wêze en nim dizze sierlike naairing fan my oan?" En doe't er syn koart taspraakje hâlden hie, rôpen se allegearre hoera.

Alice fûn it hiele gefal mar mâl; se seagen lykwols allegearre sa earnstich, dat hja doarst net te laitsjen, en om't se neat wist te sizzen, makke se allinne mar in bûging en seach sa plechtich as se koe.

It iten fan de suertsjes wie no oan bar. It joech wol wat opskuor en betizing, want de grutte fûgels klagen, dat hja harres net priuwe koene, en de lytskes krigen it yn it ferkearde kielsgat en moasten op 'e rêch kloppe wurde. De suertsjes rekken dochs lang om let op en se joegen har wer del yn in rûntsje en fregen de Mûs om nochris wat te fertellen.

"Jo hawwe my ûnthjitten jo libbensskiednis te fertellen, witte jo noch wol?" sei Alice. "En wêrom as jo K en H haatsje," sei hja der flústerjend by, benaud, dat de Mûs wer brûkel wurde soe.

"Ik haw in lang ferhaal en in drôf refrein," sei de Mûs suchtsjend, wylst er Alice oanseach.

"Efterein," ferstie Alice, dat hja seach benijd nei de sturt fan de Mûs. "It is in lang efterein," sei hja, "mar wêrom neame jo it drôf?" En wylst de Mûs oan it wurd wie frege hja harsels mar hieltyd ôf wat er bedoeld hie, sadat har yndruk fan it ferhaal likernôch sa wie:

"Poes Fury sei
tsjin de mûs,
dy't er mette
yn 'e hûs:
'Kom mei my,
âlde. Wy
sill' rjocht-
dei hâlde. –
Fan 'e moarn
ha 'k dochs
frij. Nei de
rjochter
mei dy!'
Sei de mûs
tsjin de
skurk: 'Dat
neam ik
gjin wurk.
Sok in
rjochtdei,
heite,
sûnder
rjochter
of pleiter!
Wa hearde
soks ea?'
Sei de
skrandere
kat: 'Eh
ju wat
jout dat.
Ik rjochtsje,
ik pleitsje.
Wat
soesto
my
meitsje?
Noch
efkes,
o hea,
ik
fer-
oar-
diel-
je
dy
ta
de
dea.'

"Jo harkje net!" sei de Mûs strang tsjin Alice. "Wêr tinke jo oan?"

"Nim my net kwea ôf," sei Alice tige dimmen, "wiene jo net oan de fyfte bocht ta?"

"Dat wie ik *net!*" rôp de Mûs skerp en o sa lulk.

"In net!" sei Alice, as altyd fuort ree om behelpsum te wêzen en hja seach kjel om har hinne. "O, lit my jo helpe derút te kommen!"

"Ik kom der hielendal net út," sei de Mûs. Hy gyng stean en rûn fuort. "Jo misledigje my mei dat ûnsinnich praat."

"Sa bedoelde ik it net!" klage de earme Alice. "Mar jo hawwe sokke lange teannen!"

De Mûs grommele wat ta antwurd.

"Kom astebleaft werom en fertel jo ferhaal fierder!" rôp Alice him efternei, en alle oaren rôpen yn koar mei: "Ja, kom astebleaft werom!" Mar de Mûs skodde allinne mar ûngeduldich de holle en rûn noch wat flugger.

"Wat spitich, dat er net by ús bliuwe woe!" suchte de Lorre sa gau't de Mûs út it sicht wie. In âlde Krab griep de gelegenheid oan om tsjin har dochter te sizzen: "No sjochst ris, leave. Lit dit in les foar dy wêze om noait lulk te wurden!"

"Mem moat har stilhâlde!" sei de jonge Krab in bytsje koart. "Mem soe in oester syn geduld ferlieze litte!"

"Ik woe sa graach, dat ús Dina hjir wie," sei Alice lûdop tsjin nimmen yn it bysûnder. "Hja soe him wol gau weromhelje!"

"En wa is Dina, as ik sa frij wêze mei jo dat te freegjen?" sei de Lorre.

Alice andere o sa graach, want se wie altyd ree om oer har kat te fertellen. "Dina is ús kat. En se is wol sa'n baas yn it fangen fan mûzen! Jo kinne it jo net foarstelle! En, o, ik woe, dat jo har ris sjen koene as se efter de fûgels oansit! As hja mar in fûgel sjocht hat se him ek al op!"

Dit ferhaal makke it selskip frijwat oerémis. Guon fûgels makken daliks, dat se fuortkamen. In âlde Akster tearde de sjaal soarchfâldich om har hinne en sei: “Ik moat no wier nei hûs ta. De nachtlucht is alhiel ferkeard foar myn kiel!” En in Kanarje rôp mei triljende stim tsjin har bern: “Kom, berntsjes, nei hûs. It is allang tiid om op bêd!” Mei allerhanne útflechten ferdwûnen hja en Alice bleau ridlik gau allinne oer.

“Ik woe, dat ik noait oer Dina begûn wie!” sei se drôf tsjin harsels. “Nimmen hjirûnder liket oer har te meien en dochs is se de bêste kat fan de hiele wrâld! O, myn leave Dina! Soe ik dy wol ea wer sjen?” En op dit stuit begûn Alice wer te gûlen, want hja fielde har o sa iensum en ferslein. Nei in hoartsje lykwols hearde hja yn de fierte wer lichte fuotstapkes en hja seach benijd op, heal yn ’e hope, dat de Mûs ta oare gedachten kommen wie en weromkaam om syn ferhaal ôf te meitsjen.

Haadstik IV

De Knyn jout in boadskip

It wie de Wite Knyn, dy't stadich weromhippeljen kaam wylst er ûnderwilens drok om him hinne seach as hie er wat weibrocht, en Alice hearde him mompeljen: "De Grevinne! De Grevinne! O, myn leave poatsjes! O, myn fel en snorhier! Hja sil my ombringe litte, krekt like wis as fretten fretten binne! Wêr kin ik se dochs weibrocht hawwe?" Alice begriep fuort, dat de Knyn om de waaier en de wite glasee-wanten socht, en se begûn behelpsum mei te sykjen, mar se wiene nearne te sjen. Alles like wol feroare te wêzen sûnt har swimpartij yn 'e poel, en de grutte seal mei it doarke wie folslein ferdwûn.

Al gau ûntdiek de Knyn Alice, wylst se oan it sykjen wie, en hy rôp lulk tsjin har: "Sis, Mary-Anna, wat hasto hjir te meitsjen? Gean daliks nei hûs en helje my in pear wanten en in waaier! Toe, avensearje!" Alice wie sa kjel wurden, dat se draafde fuort yn de rjochting, dy't er oanwiisde, sûnder te besykjen de Knyn syn fersin oan it ferstân te bringen.

"Hy seach my oan foar syn tsjinstfaam," sei se ûnder it rinnen wei by harsels. "Wat sil er eagen opskuorre as er gewaarwurdt, wa't ik bin! Mar ik kin him no mar better earst syn waaier en wanten bringe – teminsten, as ik se fine kin." Doe't hja dit sei kaam se oan by in kreas wentsje. Op de doar siet in glêd poetste koperen plaat mei de namme "W. KNYN" deryn gravearre. Se gie sûnder klopjen yn 'e hûs en draafde de trep op. Se wie o sa benaud, dat hja de echte Mary-Anna moetsje soe, dy't har miskien wol de doar útjeie soe ear't hja de waaier en de wanten fûn hie.

"It liket al nuver," sei Alice. "No bin ik oan it boadskiprinnen foar in knyn! Aanst stjoert Dina my ek noch om boadskip!" En hja besocht har foar te stellen, hoe't dat wêze soe. "'Alice, kom fuortendaliks yn 'e hûs en klaai dy oan, want do moatst te kuierjen!' Dat soe de bernejuffer sizze. 'Ik kom sa, juf! Mar ik moat efkes op dit mûzegat passe oant Dina weromkomt. Ik moat der om tinke, dat de mûs der net útkomt.' Mar ik leau net," ferfette Alice, "dat mem-en-dy Dina langer yn 'e hûs hawwe woene, as hja minsken begûn te kommandearjen."

Se wie wylst ta in kreas keammerke yn stapt. Der stie in tafel foar it rút en op dy tafel leine (lykas se al hope hie) in waaier en twa of trije pearen wite glaseewanten. Hja krige de waaier en in pear wanten en soe krekt wer ta de keamer út, doe't har each op in fleske foel, dat by de spegel stie. Der stie diskear gjin kaartsje op mei de wurden "DRINK MY", mar hja loek likegoed de koark der ôf en sette it fleske oan de mûle. "Der bart altyd wat bysûnders," sei se, "as ik wat yt of drink, en dus moat ik ris sjen wat dit fleske docht. Ik hoopje sa, dat ik der wer grut fan wurd, want ik haw der myn nocht fan om sa'n ôfgryslik lyts ding te wêzen!"

Har winsk kaam úût en folle gauwer as se ferwachte hie. Ear't se it fleske heal op hie, stjitte hja de holle tsjin de souder en se moast bûge, oars briek se de nekke. Hja sette gau it fleske del en sei tsjin harsels: "Sa is it mear as genôch – Ik hoopje al, dat ik net fierder groei – Ik kin no al net ienris troch de doar – Hie ik mar net safolle dronken!"

Spitich, mar se hie earder neitinke moatten. Hja groeide en groeide mar troch en al gau moast se op 'e knibbels lizzen gean. Efkes letter hie se sa ek al gjin romte genôch en se besocht oft se ek lizze koe mei ien earmtakke tsjin de doar en de oare earm ûnder de holle. Se groeide noch altyd fierder en hja stiek, har rie te'n ein, ien earm ta it rút út en ien foet yn de skoarstien, en se sei: "Wat der ek bart, ik kin der neat mear oan dwaan. Wat moat der fan my wurde?"

Aldergeloks wie it tsjoendersdrankje no útwurke en se groeide net mear. Likegoed lei hja slim ûngemaklik en om't der gjin skyn fan kâns like te wêzen, dat se ea wer út dit keammerke wei komme soe, fielde se har fansels djip ûngelokkich.

"It wie thús folle nofliker," tocht de earme Alice. "Dêr waard men alteast net hieltyd grutter en lytser en dêr waard men net kommandeard troch mûzen en kninen. Ik soe hast winskje, dat ik noait yn dy kninehoale gien wie – en dochs – en dochs – en dochs is dit soarte fan libjen frijwat nijsgjirrich! Ik freegje my ôf, wat der mei my bard wêze kin. Doe't ik noch mearkes lies, miende ik altyd, dat se noait wier barre koene, en no sit ik sels midden yn in mearke! Der hearde in boek oer my skreaun te wurden, jawis, in boek! En as ik grut bin, sil ik der ien skriuwe ek. Mar ik bin no ommers grut," ferfette hja soarchlik. "*Hjir* is alteast gjin romte mear om noch grutter te wurden."

"Mar," tocht Alice, "sil ik dan *noait* âlder wurde as ik no bin? Dat is alteast in lytse treast, want dan hoech ik noait in âld minske te wurden, mar dan moat ik ommers ek altyd nei skoalle ta en altyd leare! O, *dat* soe ik net graach wolle!"

"O, do domme Alice," andere se harsels. "Hoe kinst hjir no nei skoalle ta en leare? Der is mar amper plak foar *dysels* en alhiel gjin plak foar skoalleboekjes!"

En sa prate hja mar oan en mar wei en makke der in hiel petear fan. Mar nei in pear minuten hearde se bûtendoar in stim en se hâlde har stil om te harkjen.

"Mary-Anna! Mary-Anna!" sei de stim. "Jou my fuortdaliks myn wanten!" Doe hearde se fuotstapkes op 'e trep. Alice wist, dat it de Knyn wie, dy't om har socht, en hja trille sa, dat it hûs der fan skodde. Hja fergeat alhiel, dat se no wol tûzen kear sa grut wie as de Knyn, en dus hielendal net bang fan him hoegde te wêzen.

Op dit stuit wie de Knyn by de doar en hy besocht de doar iepen te dwaan, mar om't er nei binnen iepensloech en Alice har earmtakke der stiif tsjin oan drukte, koe de Knyn de doar net iepenkrije. Alice hearde him mompeljen: "Dan gean ik bûtenom en klim troch it rút."

"Dat sil net!" tocht Alice. Hja wachte oant se miende, dat hja de Knyn krekt ûnder it rút hearde, doe stiek se hommels de hân út en die in taast yn 'e loft. Se krige neat te pakken, mar se hearde ien kriten, se hearde wat fallen en se hearde it lûd fan brekkend glês. Hjir makke hja út op, dat it wol mooglik wie, dat har hân telâne kommen wie op in broeikas mei komkommers of sokssawat.

Doe hearde se in lulke stim – dy fan de Knyn – "Pyt! Pyt! Wêr bisto?" En doe in stim, dy't hja noch net earder heard hie: "Ik bin hjir fansels! Ik dol nei apels, eale hear!"

"Dolle nei apels! Wel ja!" sei de Knyn lulk. "Kom hjir en help my der út!" (Lûden fan mear brekkend glês.)

"En sis my noris, Pyt, wat dêr ta it finster út stekt."

"Dat moat in earm wêze, eale hear!" (Hy spriek it út as "aarm".)

"In earm, do sokses! Wa hat ea sa'n enoarme earm sjoen? Hy beslacht it hiele rút!"

"Dat docht er, eale hear, mar it is likegoed in earm."

"Dy earm hat dêr yn alle gefallen neat te meitsjen. Gean hinne en helje him der wei!"

Doe wie it in hiel skoft stil en Alice hearde allinne út en troch geflúster. Sa hearde hja: "It liket my net goed ta; eale hear. Alhiel net!" "Doch wat dy sein wurdt, bangeskiter!" Op't lêst stiek Alice har hân nochris út en die op 'e nij in taast yn 'e loft. Dizze kear hearde hja twa gjalpen en noch mear lûden fan brekkend glês. "Wat hawwe se hjir in broeikassen mei komkommers!" tocht Alice. "Wat soene se no dwaan? Ik soe oars bêst wolle, dat se my troch it rút lûke koene! Ik wol hjir net graach noch langer bliuwe!"

Hja wachte in skoftke, mar se hearde neat mear. Op 't lêst hearde se it gerattel fan karretsjiltsjes en it lûd fan in protte stimmen, dy't allegearre tagelyk praten. Hja heinde der in pear sinnen fan op: "Wêr is de oare ljedder? – Dy hoegde ik net mei te nimmen. Bill hat de oare. – Bill! Bring him hjir, jonge! – Hjir, set him op dizze hoeke del – Nee, byn se earst oan elkoar fêst – Se rikke noch lang net heech genôch – O, it komt bêst klear. Do hoechst net sa sinnich te wêzen. – Hjir, Bill, pak dit tou oan. – Kin it dak it hâlde? – Tink om dy losse dakpanne – O, hy komt nei ûnderen! – Bill moat nei ûnderen. – Heu, Bill, de baas seit, datst ta de skoarstien yn moatste!"

"Soa, Bill moat dus troch de skoarstien?" sei Alice. "It liket wol oft hja Bill alles dwaan litte. Ik soe net graach yn Bill syn skuon stean. Dizze skoarstien is sa nau as wat, mar ik leau wol, dat ik in bytsje skoppe kin!"

Hja loek de foet sa fier as hja koe út de skoarstien wei en wachte oant hja in dierke hearde (hokker dierke koe se net riede), dat yn de skoarstien krekt boppe har om skrabe en trape. Doe sei se by harsels: "Dat is Bill". Se joech ien fikse traap en wachte ôf wat der barre soe.

It earste dat hja hearde wie in algemien geraas fan: "Dêr giet Bill!" doe allinne de stim fan de Knyn: "Fang him op, jimme dêr by de hage!", doe stilte en doe wer in algemien geskreau: "Hâld syn holle omheech! – Brandewyn, gau! –

Smoar him net – Hoe giet it no, bêste jonge? Wat is der mei dy bard? Fertel ús alles mar."

Lêst kaam in swak, kreakjend stimke ("Dat is Bill," tocht Alice): "Ik wit it eins net ienris – Nee, tankewol, net mear; ik fiel my al wat better – mar ik bin noch tefolle yn 'e war om it jimme te fertellen – Alles dat ik wit is, dat der eat tsjin my oanfleach as in duveltsje út in doaske, en doe fleach ik omheech as in fjoerpylk!"

"Sa sit it, kammeraat!" seine de oaren.

"Wy moatte it hûs ôfbarne!" sei de stim fan de Knyn. En Alice rôp sa lûd as hja koe: "Doch dat ris! Dan stjoer ik Dina op jimme ôf!"

It waard fuort deastil en Alice tocht: "Wat soene se no fierder dwaan? As se in lyts kromke ferstân hiene, hellen se it dak derôf." Nei in pear minuten begûnen se wer hinne en wer te rinnen en Alice hearde de Knyn sizzen: "Mei in kroadefol kin it earst wol ta."

"In kroadefol *wat*?" tocht Alice. Mar hja ferkearde net lang yn it ûnwisse, want it folgjende eagenblik reinde it stientsjes tsjin it rút, en guon sloegen har yn it gesicht. "Dit sil ophâlde!"

sei se by harsels en se raasde: “Dat moatte jimme nochris besykje!” En op ’e nij waard it deastil.

Alice seach al in bytsje ferheard, doe’t de stientsjes op ’e flier allegearre feroaren yn koekjes, en der dage wat yn har holle. “As ik ien fan dy koekjes opyt,” tocht se, “komt der grif feroaring yn myn ôfmjittingen. Ik kin der mei gjin mooglikheid noch grutter fan wurde en dus sille se my wol lytser meitsje”.

Dêrom iet se ien fan de koekjes op en se wie optein doe’t se fernaam, dat se fuort begûn te krimpen. Sadree’t hja lyts genôch wie om troch de doar, draafde hja ta it hûs út en fûn in hiele keppel lytse dieren en fûgeltsjes, dy’t bûtendoar stiene te wachtsjen. It earme hagediske, Bill, lei yn it fermidden en waard oereinhâlden troch twa marmotsjes, dy’t him wat út in flesse joegen. Hja fleagen allegearre op Alice ta, sa gau’t se foar it ljocht kaam. Mar se draafde fuort, sa hurd as se koe, en al gau fielde hja har feilich yn in tichte bosk.

“It earste dat ik no dwaan moat,” sei Alice tsjin harsels, “is, weromkeare yn ’e gewoane mjitte. En twad moat ik it paad fine nei dy prachtige tún. Dat sil wol it bêste plan wêze, tink.”

Sa te hearren wie it sûnder mis in bysûnder goed plan en hiel kreas en ienfâldich fan opset. It iennichste probleem wie, dat se alhiel net wist hoe’t hja it útfiere moast, en, wylst hja benijd tusken de beammen troch gluorke, makke in koarte, skerpe blaf boppe har holle, dat se fuort omheech seach.

In reuseftich jong hûntsje seach mei grutte, rûne eagen op har del en stiek hoeden in poat út om har oan te reitsjen. “Earm lyts ding!” sei Alice flaaikjend en besocht út alle macht om him te fluitsjen, mar hja wie al de tiid deabenaud dat de hûn ris hongerich wêze mocht, en yn dat gefal soe er har nei alle gedachten opite, hoe moai’t hja oars ek flaaike.

Suver sûnder neitinken pakte se in stokje op en hâlde dat it hûntsje foar. Dat wie fan dy gefolgen, dat de jonge hûn mei alle poaten tagelyk opsprong mei in kef fan blydskip. Hy fleach op it stokje ôf en skuorde der boartlik mei de tosken oan. Doe dûkte Alice gau efter in hege stikel, oars hie it bist oer har hinne rûn. Op itselde eagenblik, dat Alice oan de oare kant fan de stikel opdage, die de hûn in nije oanfal op 'e stok en sloech in slach oer de kop yn 'e haast om de stok te pakken. Om't Alice it gefoel hie, dat se dwaande wie oan in spultsje mei in karrehynder en elk momint fertrape wurde koe ûnder syn poaten, rûn se op 'e nij om 'e stikel hinne. Op dat stuit begûn de hûn in searje koarte oanfallen op 'e stok. Hy rûn iderkear in lyts eintsje foarút en dan in hiel ein efterút en blafte wilens heas, oant er op it lêst in moai eintsje ôf sitten gie te hymjen, mei de tonge út 'e bek en syn grutte eagen heal ticht.

Dit like Alice in gaadlike gelegenheid om te flechtsjen. En dus sette se fuort út ein en draafde oant se aardich wurch en efter de pûst wie, en oant hja it blaffen fan de jonge hûn noch hiel swak op in distânsje hearde.

"En wat wie it dochs in leaf hûntsje!" sei Alice, wylst se mei de rêch tsjin in bûterblom siet te bekommen. Hja waaide harsels kuolte ta mei ien fan de blêden. "Ik soe him o sa graach keunstkes leard hawwe, as – as ik mar gewoan west hie! O, hea, no hie ik omtrint fergetten dat ik wer groeie moat! Ja, en hoe moat ik dat no hawwe? Ik sil wol wer it iene of it oare ite of drinke moatte, mar de grutte fraach is, wat?"

De grutte fraach wie yndied, wat? Alice seach wakker om har hinne nei de blommen en de gerskes, mar se seach neat, dat like op it gaadlike iten of drinken yn dit gefal. Deun by har groeide in grutte poddestoel, sawat like heech as hjasels. En doe't hja derûnder sjoen hie, en oan de beide kanten en derefter, betocht se, dat se ek wolris sjen mocht, wat der boppe op wie.

Hja gie op 'e teannen stean en loerde oer de râne fan de poddestoel en har eagen metten fuort dy fan in grutte, blauwe rûp, dy't mei de earms oer elkoar op 'e hoed fan 'e poddestoel siet. Hy smookte rêstich in grutte wetterpiip en naam net de minste notysje fan har of fan wat oars dan ek.

Haadstik V

Goede rie fan in rûp

De Rûp en Alice seagen elkoar in hoart swijend oan. Op 't lêst naam de Rûp de wetterpiip út 'e mûle en spriek har oan mei in sleauwe, slûge stim.

"Wa bisto?" sei de Rûp.

Dit wie net in moedjaand begjin foar in petear. Alice andere frijwat bleu: "Dat – dat wit ik op it stuit eins net krekt, mynhear – Ik wit wol, wa't ik wie, doe't ik fan 'e moarn wekker waard, mar ik moat sûnt ferskeidene kearen feroare wêze."

"Wat bedoelst?" sei de Rûp strang. "Lis it my út."

"Ik kin mysels net útlizze, bin 'k bang, mynhear," sei Alice, "om't ik mysels net bin, sjogge jo?"

"Ik sjoch neat," sei de Rûp.

"Ik haw soarch, dat ik it net dúdliker sizze kin," andere Alice tige hoflik, "want ik kin it om te begjinnen sels net begripe. En op ien dei safolle ferskillende ôfmjittingen te hawwen, dêr rekket men fan oeral."

"Welnee," sei de Rûp.

"Ja, faaks hawwe jo it sa noch net besjoen," sei Alice, "mar as jo feroarje moatte yn in pop – dat komt jo op in goede dei oer, witte jo – en dêrnei yn in flinter, dan sille jo jo ek wol in bytsje nuver fiele, tochten jo net?"

"Net in krom," sei de Rûp.

"Ja, miskien fiele jo de dingen oars oan," sei Alice, "mar ik soe my al tige nuver fiele."

"Do!" sei de Rûp lytsachtsjend. "Wa bisto?"

En no wiene se wer werom by it begjin fan it petear. Alice wie in bytsje noartich op 'e Rûp om't er sokke tige koarte opmerkingen makke. Hja ruts har noch fierder út en sei tige earnstich: "Ik soe sizze, jo hearre my earst te fertellen wa't jo binne."

"Wêrom?" sei de Rûp.

Alwer sa'n fraach, dêr't se gjin rie mei wist. En om't Alice gjin inkeld goed andert wist te betinken en om't de Rûp in tige min sin like te hawwen, sette Alice ôf.

"Kom werom!" rôp de Rûp har efternei. "Ik haw dy wat belangryks te sizzen!"

Dit hearde sûnder mis hoopfol. Alice draaide har om en gie wer nei de poddestoel ta.

"Bliuw kalm," sei de Rûp.

"Is dat alles?" sei Alice en se besocht mei alle macht om net lulk te wurden.

"Nee," sei de Rûp.

Alice betocht, dat se likegoed wachtsje koe, want se hie dochs neat oars te dwaan en it koe sa wêze, dat er har dochs noch wat fertelde, dat de muoite wurdich wie. In pear minuten lang smookte er en sei gjin wurd, mar op 't lange lêst die er de earms fan elkoar, naam de piip wer út 'e mûle en sei: "Dus do tinkst, datst feroare bist, netwier?"

"Ik haw soarch fan al, mynhear," sei Alice. "Ik kin my de dingen net mear sa yn 't sin bringe as foarhinne – en ik bliuw noch gjin tsien minuten like grut."

"Hokker dingen kinst dy net yn 't sin bringe?" sei de Rûp.

"No, ik haw besocht op te sizzen fan '*Hoe warber wriuwt de krokodil*', mar it kaam alhiel net goed," andere Alice drôf.

"Sis op! '*Jo binn' âld, pake Willem*'," sei de Rûp. Alice die de earms oer elkoar en begûn:

"Jo binn' âld, pake Willem," sei jonge Sjolle,
"en jo hier is as snie sa wyt;
En dochs steane jo jimmeroan op 'e holle.
Miene jo, dat soks jo op jo jierren stiet?"

"Yn myn jeugd," sei de âlde ûnferfeard,
"wie 'k bang foar ûngemakken.
Mar no't ik wit, dat it my net deart,
Stean 'k leaver op hannen as hakken."

"Jo binn' âld," sei de jonge, "sa't ik niis al sei,
En jo binne ôfgryslike dik.
Dochs meitsje jo salto's oan ien tried wei.
Hoe komt dat dochs sa, freegje ik?"

"Yn myn jeugd," sei de âlde en hy skodde syn hier,
"Hâlde 'k mysels fiks en sûn
Mei dizze salve, elke dei fan it jier.
Wolst keapje? In gûne it pûn."

"Jo binn' âld," sei de feint, "en jo tosken te min
Foar wat hurders as weakke bôle.
Dochs ieten jo juster in âlde hin
Mei bonken en al; yn it mâle."

"Yn myn jeugd," sa sei pake, "hie beppe hjir 't roer.
O, dêr haw ik jierren tsjin praten
En de krêft, dy't dêrtroch yn myn mûle foer
Bliuwt jimmer. Hast 't no yn 'e gaten?"

"Jo binn' âld," sei de feint, "en it kin hast net oars
of jo eagen dy minderje gâns.
Dochs setten jo niis noch in iel op jo noas.
Hoe bleau dy sa knap yn balâns?"

"Op trije fragen hast 't andert al.
Mear krij ik net foar elkoar.
Mienst, dat ik langer noch harkje wol?
Derút! Dêr is 't gat fan 'e doar!"

"Dat hast net goed opsein," sei de Rûp.

"Net *hielendal* goed bin 'k bang," sei Alice dimmen. "Guon wurden binne oars wurden."

"It is hielendal ferkeard, fan it begjin oant de ein," sei de Rûp beret, en doe bleau it in pear minuten stil.

De Rûp wie de earste dy't wat sei.

"Hoe grut wolst wêze?" frege er.

"O, dat komt net sa hiel krekt," andere Alice gau, "men wol allinne net sa faak feroarje, sjogge jo."

"Ik sjoch neat," sei de Rûp.

Alice sei neat. Nimmen hie har noch ea sa tsjinpraat, en hja wie dwaande har geduld te ferliezen.

"Bist no tefreden?" sei de Rûp.

"No, ik soe wol in bytsje grutter wêze wolle, mynhear, as it jo itselde is," sei Alice. "Acht sintimeter is sa ôfgryslike lyts."

"It is ommers krekt fan pas!" sei de Rûp lulk en hy rjochte himsels op, wylst er oan it wurd wie (hy wie op 'e kop ôf acht sintimeter).

"Mar ik bin it net wend!" sei de earme Alice smeekjend. En hja tocht: "Ik woe, dat dat skepsel net sa gau op syn teannen trape wie!"

"Do wenst der mei ferrin fan tiid wol ta," sei de Rûp. Hy die de wetterpiip yn 'e mûle en begûn wer te smoken.

Diskear wachte Alice geduldich oant er wer begjinne soe te praten. Nei in pear minuten naam de Rûp de wetterpiip út 'e mûle, gappe in kearmannich en skodde himsels. Doe kaam er fan de poddestoel ôf en krûpte fuort yn it gers. Yn it foarbygean sei er allinne mar: "De iene kant makket dy grutter, de oare kant makket dy lytser."

"De iene kant fan *wat?* De oare kant fan *wat?*" tocht Alice.

"Fan de poddestoel," sei de Rûp, krekt as hie Alice it lûdop sein, en it folgjende eagenblik wie er út it sicht. Alice beseach de poddestoel in hoartsje betochtsum en besocht út te finen wat de beide kanten derfan wiene. Hy wie abslút rûn en dêrom fûn Alice dit in slim probleem. Op 't lêst lykwols sloech se de earms der omhinne safier as hja rikke koe en briek mei elke hân in stikje fan de râne ôf.

"En hokker moat it no wêze?" sei se tsjin harsels en knabbele in bytsje fan it stikje yn har rjochterhân om te sjen, wat der barre soe. Fuort fielde hja in hurde slach tsjin it kin oan. It kin klapte tsjin har foet oan!

Se waard heislike kjel fan dizze hookstrookse feroaring, mar der wie gjin tiid te ferspyljen, want se kromp hurd. Dêrom biet hja fuort in hoekje fan it oare stik ôf. Har kin siet sa stiif tsjin har foet oan, dat der kwalik romte wie om de mûle iepen te dwaan. Mar it slagge har dochs en se slokte gau in stikje út de linkerhân troch.

"Hè, hè. Myn holle is alteast frij!" sei Alice bliid, mar de blydskip feroare al gau yn skrik, doe't se fernaam, dat se har skouders nearne mear fine koe. Alles wat hja bespeure koe as hja nei ûnderen seach, wie in ûnbidich ein nekke, dy't as in peal like op te sjitten út in see fan griene blêden, dy't fier ûnder har lei.

"Wat mei al dat griene guod wol wêze?" sei Alice. "En wêr binne myn skouders bleaun? En, myn earme hannen, hoe komt it, dat ik jimme net sjen kin?" Hja beweegde ûnder it praten wei de hannen, mar der like neat te barren, behalven dan in bytsje beweech yn de griene blêden in hiel ein fuort.

Om't der gjin kâns like te wêzen dat har hannen by har holle kamen, besocht se de holle nei de hannen te bûgen, en hja wie optein, doe't se fernaam, dat se de nekke maklik yn alle rjochtingen bûge koe, krekt as in slang. Se hie de nekke moai nei ûnderen bûgd, krekt as in tomstok, en soe krekt tusken de blêden dûke, dy't neat oars blykten te wêzen as de toppen fan de beammen, dêr't hja earst ûnder kuiere, doe't in skerp gesis har opjage. In grutte do wie har yn it gesicht flein en sloech har wyld mei de wjukken.

"Slang!" gûlde de Do.

"Ik bin *gjin* slang!" sei Alice lilk. "Hâld op!"

"Slang! Ik sis nochris: slang!" sei de do, mar net sa fûleindich mear, en hy ferfette mei in soarte fan snok: "Ik haw alles besocht, mar neat is harren nei 't sin!"

"Ik wit net, wêr't jo it oer hawwe," sei Alice.

"Ik haw it yn de woartels fan de beammen besocht, en ik haw it yn sleatswâlen besocht en ik haw it yn de hagen besocht," ferfette de Do sûnder acht te jaan op Alice, "mar dy slangen! It is har noait nei 't sin!"

It waard Alice wat langer wat ûndúdliker, mar se tocht, it hie gjin doel en sis wat ear't de Do útpraat wie.

"As wie it noch net slimmernôch om aaien út te brieden," sei de Do, "mar ik moat ek noch nacht en dei oppasse foar slangen! Ik haw al yn trije wiken gjin wink yn 'e eagen hân."

"It muoit my tige, dat jo sa lestich fallen wurde," sei Alice, dy't in bytsje begûn te begripen, wêr't de Do hinne woe.

"En no hie ik krekt de heechste beam yn de bosk opsocht," gie de Do fierder en syn stim waard wat langer wat skriller, "en ik tocht krekt, dat ik no einlings fan har ôf wie, en dêr moatte se út de loft kronkeljen komme. Ba, Slang!"

"Mar ik *bin* gjin slang, sis ik jo!" sei Alice. "Ik bin in – ik bin in –"

"Ja, krekt. *Wat* binne jo?" sei de Do. "Ik kin sjen, dat jo mar wat optinke."

"Ik – ik bin in famke," sei Alice net botte wis doe't hja tocht oan alle feroaringen, dy't se dy deis al trochmakke hie.

"Meitsje my wat wiis!" sei de Do mei djippe ôfgriis yn syn stim. "Ik haw yn myn libben frijwat famkes sjoen, mar noait ien mei sa'n nekke! O hea nee! Jo binne in slang, ûntken dat mar net. Aanst fertelle jo my ek noch, dat jo noch noait in aai preaun hawwe!"

"Ik haw *wol* ris aaien preaun," sei Alice, want hja wie in earlik bern, "mar famkes ite likefolle aaien as slangen."

"Dêr leau ik neat fan," sei de Do, "mar as dat wier is, dan binne se in soarte fan slang, moat ik sizze."

Dit wie sa'n nij punt foar Alice, dat hja der in hiel skoft stil fan wie en dat joech de Do de kâns om fierder te gean. "Jo sykje om aaien en net oars. En wat komt it der dan op oan oft jo in famke binne of in slang?"

"It komt der foar my wol op oan," sei Alice hastich, "mar ik sykje tafallich net om aaien. En al socht ik der wol om, dan woe ik jowes noch net hawwe. Ik mei se net iens rau."

"Meitsje dan, dat jo fuortkomme!" sei de Do protteljend en hy gie wer op syn nêst sitten. Alice besocht sa goed en sa kwea as it gie har tusken de beammen del te jaan, mar har nekke rekke hieltyd fertiisd tusken de tûken en út en troch moast se wer in eintsje omheech om de nekke frij te krijen. Efkes letter kaam it har yn 't sin, dat hja noch altyd de stikjes poddestoel yn 'e hannen hie en se begûn hiel foarsichtich te knabbeljen, earst fan it iene stikje en dan fan it oare. Se waard dan ris lytser, dan ris grutter, mar hja iet troch oant hja der yn slagge wie harsels werom te krijen op har gewoane grutte.

It wie al sa lang lyn sûnt se ûngefear de goede hichte hân hie, dat it earst mar wat nuver fielde, mar it duorre mar efkes en se wie der wer ta wend, en se begûn, as gewoanwei, wer tsjin harsels te praten. "Sjesa. De helte fan myn plan is klear! Wat rekket men al fan 't sintrum mei al dy feroaringen! Ik wit noait, wat ik it folgjende eagenblik wêze sil. Ik bin no yn elk gefal wer gewoan. No moat ik sjen yn dy prachtige tún te kommen – en hoe sil ik dat hawwe?" Doe't hja dit sei, stie se ynienen op in iepen plak, dêr't in lyts húske stie fan sa'n goed meter hichte. "Wa soe hjir wenje?" tocht Alice. "Sa't ik no bin, kin ik net by har oankomme. Hja soene kjel fan my wurde!"

En dêrom begûn se wer te knabbeljen oan it stikje yn har rjochterhân en se doarst net earder nei it hûs ta te gean, oant se harsels werombrocht hie ta tritich sintimeter.

Haadstik VI

De bigge en de piper

Alice stie in skoftke nei it hûs te sjen en se frege har ôf wat har no te dwaan stie, doe't ynienen in lakei yn livrei út de bosk draven kaam – (hja ornearre, dat er in lakei wie, om't er yn livrei wie, mar oars soe se, oan syn gesicht te sjen, sizze dat er in fisk wie) – en lûd mei syn knokkels op 'e doar kloppe. De doar waard opdien troch in oare lakei yn livrei, dy't in rûn gesicht hie en de eagen fan in kikkert; en Alice seach, dat beide lakeien poeiere hier hiene mei allegearre krollen deryn. Hja wie o sa benijd, wat dit allegearre te betsjutten hie en se krûpte in eintsje de bosk út om te harkjen.

De Fisk-Lakei helle earst in grut brief ûnder syn earm wei, hast like grut as hysels. Hy lange it brief oer oan de oare lakei en sei der plechtich by: "Foar de Grevinne. In útnûging fan de Keninginne om croquet te spyljen." De Kikkert-Lakei sei op deselde plechtige toan itselde mar in bytsje yn oare folchoarder: "Fan de Keninginne. In útnûging foar de Grevinne om croquet te spyljen."

Doe bûgden hja beide tige djip en har krollen rekken yn inoar fertiisd.

Alice moast dêr sa om laitsje, dat hja hastich weromgean moast nei de bosk, oars mochten se har ris hearre. Doe't se om in hoekje seach, wie de Fisk-Lakei fuort en de oare siet tichtby de doar op 'e grûn en stoareage ûnnoazel nei de loft.

Alice rûn hoeden op 'e doar ta en kloppe oan.

"It hat alhiel gjin sin om te klopjen," sei de Lakei, "en wol om twa redenen. Yn it foarste plak om't ik oan deselde kant fan 'e doar bin as jo; twad om't hja dêr binnendoarren sa'n leven meitsje, dat nimmen jo hearre kin." En der *wie* yndied in alderheislikst leven yn 'e hûs. Der waard oanienwei jammere en prúste, en út en troch hearde men in slim gerattel, as giene der potten en pannen oan diggels.

“Sizze jo my dan,” sei Alice, “hoe’t ik der ynkomme moat.”

“Jo klopjen soe mooglik sin hawwe,” sei de Lakei sûnder nei Alice te lústerjen, “as wy de doar tusken ús yn hiene. As jo bygelyks *binnendoarren* wiene, koene jo klopje, en dan koe ik jo der útlitte.” Under it praten wei seach er hieltyd mar nei de loft en dat fûn Alice slim ûnfatsoenlik. “Mar miskien kin er it net helpe,” sei se by harsels, “syn eagen sitte ek omtrint boppe op ’e holle. Mar hy koe yn elk gefal wol andert jaan op myn fragen. Hoe kom ik deryn?” sei hja nochris lûdop.

“Ik bliuw hjir sitten,” sa joech de Lakei beskie, “oant moarn –”

Op dit stuit gie de doar fan it hûs iepen en in grutte skaal sylde nei bûten, rjocht op de Lakei syn holle ôf. It ding skampte him by de noas lâns en fleach oan diggels tsjin in beam efter him.

“– of faaks oaremoarn,” ferfette de Lakei op deselde toan, krekt as wie der neat bard.

“Hoe kom ik hjiryn?” frege Alice wer en diskear lûder.

“Soene jo der wol ynkomme?” sei de Lakei. “Dat is, tinkt my, de earste fraach.”

Dat wie it sûnder mis, mar dat hoegde de Lakei har sa noch net te sizzen! “It is wier slim,” mompele hja, “hoe’t al dizze skepsels jin tsjinprate. Men soe der mâl fan wurde.”

De Lakei achte dit blykber in moaie gelegenheid om syn opmerking nochris, mar dan in bytsje oars, te sizzen. “Ik bliuw hjir sitten,” sei er, “al sil it dagen duorje.”

“Mar wat moat *ik* begjinne?” sei Alice.

“Wat jo mar wolle,” sei de Lakei en begûn te fluitsjen.

“Mei him te praten jout neat,” sei Alice wanhopich, “hy is folslein gek.” En hja die de doar iepen en gie yn ’e hûs.

Troch de doar kaam se fuort yn in grutte keuken, dy’t alhiel fol reek stie. De Grevinne siet op in krukje mei trije poaten midden oer de flier en hie in poppe op ’e skoat. De kokkinne stie oer it fjoer bûgd en rearde yn in grutte panne, dy't fol sop like te wêzen.

"Der sit grif tefolle piper yn dat sop!" sei Alice by harsels, sa goed as dat gie alteast, want se moast prúste.

Der wie yn elk gefal tefolle piper yn de loft. Sels de Grevinne prúste út en troch en de poppe prúste en gûlde om bar sûnder in eagenblik rêst. Der wiene mar twa yn de keuken dy't net prústen: de faam en de grutte kat, dy't foar it fjoer siet en fan ear ta ear gniisde.

"Soene jo my ek sizze kinne," sei Alice in kromke skruten, want hja wie der net alhiel wis fan oft se wol it earst hearde te praten, "wêrom't dy kat sa gniist?"

"It is in Siferske Kat," sei de Grevinne, "en dêrom. Bigge!"

Hja sei it lêste wurd sa ûnferwachts en fûleinich, dat Alice ôfgryslike kjel waard. Mar hja fernaam al gau, dat de

Grevinne it tsjin de poppe hie, en dus krige se wer moed en ferfette:

"Ik haw noait witten, dat Siferske Katten altyd gnize. Ik wist hielendal net, dat katten gnize koene."

"Dat kinne se allegearre," sei de Grevinne, "en de measte katten gnize dan ek."

"Ik ken net ien kat, dy't gniist," sei Alice tige hoflik. Hja wie suver bliid, dat se yn petear rekke wie.

"Do witst ek net folle," sei de Grevinne.

Alice mocht alhiel de toan net lije, dêr't de Grevinne dit mei sei, en se betocht, dat se better oerstappe koe op in oar ûnderwerp. Wylst se besocht der ien te finen, naam de faam de panne mei sop fan it fjoer en begûn fuort mei alles wat los en fêst siet te smiten nei de Grevinne, en de poppe – de pook kaam earst en doe folge in hiele bui fan stâlpannen, skalen en boarden. De Grevinne loek der har neat fan oan, ek net as se rekke waard, en de poppe skriemde al sa jammerdearlik, dat it net tafoel út te meitsjen oft er him sear die of net.

"O, tink der dochs om wat jo dogge!" rôp Alice en hja sprong op en del fan eangst en ûntsetting. "O, dêr giet syn skattich noaske!" rôp se, doe't in bûtenwenstich grutte stâlpanne der deun by lâns fleach en omtrint de hiele noas meinaam.

"As elkenien him mei syn eigen saken bemuoide," sei de Grevinne mei in heale snau, "soe de wrâld hiel wat hurder rûndraaie as no."

"En dat soe hielendal gjin foardiel wêze," sei Alice. Se wie o sa bliid mei dizze gelegenheid om in bytsje fan har kennis út te stallen. "Tink ris ta, wat der telâne komme soe fan de dei en de nacht! De ierde hat ommers fjouwerentweintich oeren nedich om om syn as te draaien –"

"As," sei de Grevinne. "Jiske silst bedoele. En ast it dochs oer jiske haste – Ferbrân har yn de kachel!"

Alice seach frijwat benaud nei de faam oft dy miskien it befel ek opfolgje soe, mar dy rearde drok yn it sop en like net te lústerjen, en dêrom gie Alice mar wer fierder. "Fjouwerentweintich oeren? Dat tink ik alteast. Of is it tolve? Ik –"

"O, lit my mei rêst," sei de Grevinne. "Ik haw noait mei sifers omgean kinnen!" En doe begûn se wer de poppe te widzjen op har skoat. Hja song der in soarte fan sliepsankje by en skodde de poppe fiks trochinoar oan de ein fan elke rigel:

"Skel 't jonkje út, wannear't er prúst
en slaan him foar syn gat.
Hy docht it dochs allinne om't
er nocht oan ûnnocht hat."

Refrein
(wêrby't de faam en de poppe meisongen):
"Terettettettettet."

Wylst de Grevinne it twadde kûplet fan it liet song, wipte se de poppe rûch op en del en it earme ding jammere sa, dat Alice mar kwalik de wurden ferstean koe:

"Skel 't jonkje út, wannear't er prúst
en slaan him foar syn gat.
Hy mei hiel wol oer piper as
er der mar nocht oan hat!"

Refrein
"Terettettettettet."

"No meisto him wol efkes widzje, ast der nocht oan haste!" sei de Grevinne tsjin Alice en smiet har al pratendewei de poppe ta. "Ik moat my no klearmeitsje om croquet te spyljen mei de Keninginne." En hja draafde fuort. De faam goaide har in pankoekspanne efternei, mar dy miste har krekt.

Alice koe de poppe mar krekt heine, want hy hie in wûnderlik model en stiek syn earms en skonken alle kanten út “krekt as in krab”, tocht Alice. It earme lytse ding snoarke as in lokomotyf doe’t se him opheinde en hy tearde him hieltiten op en riek him dan wer út, sadat se de earste eagenblikken wol wurk hie om him fêst te hâlden.

Sagau’t hja de goede manear fûn hie om him beet te hâlden (se moast him yn in knoop lizze en dan goed syn rjochterear en linkerfoet beethâlde om foar te kommen, dat er him loswrotte), drûch se him nei bûten. “As ik it bern net meinim,” tocht Alice, “rekket er yn de kommende dagen noch dea. It soe gelyk stean mei moard om him dêr te litten.” Hja sei de lêste wurden lûdop en it lytse ding gnoarre ta andert (it prústen wie no ophâlden). "Net gnoarje," sei Alice. "Dat is alhiel net fatsoenlik."

De poppe gnoarre nochris en Alice seach him o sa benaud oan om te sjen wat him skeelde. Hy hie sûnder mis in tige slimme wipnoas, dy't folle mear like op in snút as op in gewoane noas. Syn eagen waarden ek wol bûtenwenstich lyts foar in poppe. Koartsein: Alice mocht alhiel net lije wat se seach. "Mar miskien snokte er ek allinne mar," tocht hja en seach wer oft er ek triennen yn 'e eagen hie.

Nee, gjin triennen. "Asto feroareste yn in bichje, lytse skat," sei Alice earnstich, "wol ik neat mear mei dy te meitsjen hawwe. Tink dêr goed om!" It earme lytse ding snokte wer (of gnoarre, dat wie net út te meitsjen) en Alice rûn in eintsje fierder mei de poppe en se swijden beide.

Alice prakkesearde krekt: "Wat moat ik mei dit skepseltsje begjinne as ik thúskom?" doe't er op 'e nij gnoarre, diskear sa lûd, dat Alice him kjel oanseach. Diskear wie der gjin fersin mooglik: it wie neat oars as in bichje, en it hie fansels hielendal gjin sin om him noch fierder te dragen.

Dêrom sette Alice it bistke del en se fûn it in hiele soarch minder, doe't it yn in rêstich drafke yn de bosk ferdwûn. "As er grutter wurdt," tocht Alice by harsels, "soe it in skriklik ûnsjoch bern west hawwe, mar as bigge is er aardich kreas, tinkt my." Hja begûn te prakkesearjen oer bern, dy't hja koe, en dy't it ek hiel goed dwaan soene as bichjes, en se sei krekt by harsels: "As ik de goede manear mar wist om se te feroarjen –" doe't se in bytsje kjel waard fan in Siferske Kat, dy't in pear meter fan har ôf op in beamtûke siet.

De Kat gniisde allinne mar, doe't er Alice fernaam. "Hy sjocht der guodlik út," tocht se, mar hy hie wol tige lange neilen en in protte tosken, dat se soe him mar mei respekt behannelje.

"Siferske Poes," begûn hja sêft, om't se net wist oft er dy namme wol lije mocht. Hy gniisde no in bytsje breder. "Kom, safier hat er al in goed sin," tocht Alice en se ferfette: "Soene jo my ek sizze kinne watfoar kant ik hjir út moat?"

"Dat hinget der foar in grut part fan ôf wêr't jo hinne wolle," sei de Kat.

"It kin net safolle skele wêr't –" sei Alice.

"Dan kin it neat skele watfoar kant jo útgeane," sei de Kat.

"– as ik mar earne telâne kom," gie Alice fierder by wize fan útlis.

"O, dat komme jo grif," sei de Kat. "As jo mar lang genôch kuierje."

Dat koe nimmen him ûntstride en dus besocht Alice in oare fraach. "Wat soarte fan lju wenje yn dizze omkriten?"

"Dy kant *út*," sei de Kat en swaaide mei de rjochterpoat, "wennet in Huoddemakker. En dy kant *út*," sei er, swaaiend mei de lofterpoat, "wennet in Maartske Hazze. Jo kinne se allebeide wol opsykje. Se binne beide net wiis."

"Mar ik wol net nei healwize lju ta," sei Alice.

"O, dêr kinne jo net foar," sei de Kat. "Wy binne hjir allegearre gek. Ik bin gek. Jo binne gek."

"Hoe witte jo, dat ik gek bin?" sei Alice.

"Dat moat wol," sei de Kat, "oars soene jo hjir net kommen wêze."

Dat wie gjin bewiis, tocht Alice, mar se frege fierder: "Hoe witte jo, dat jo net goed wiis binne?"

"Om te begjinnen," sei de Kat, "in hûn is wol wiis. Binne jo it dêrmei iens?"

"Ik tink fan wol," sei Alice.

"No dan," gie de Kat fierder. "As in hûn lulk is, dan gromt er, en as er bliid is, swaait er mei de sturt. No, as ik bliid bin, gromje ik, en as ik lulk bin, swaai ik mei de sturt. Dêrom bin ik net goed wiis."

"*Ik* neam dat spinnen, net gromjen," sei Alice.

"Neam it sa't jo wolle," sei de Kat. "Sille jo hjoed ek croquet spylje mei de Keninginne?"

"Ik soe wol graach wolle," sei Alice, "mar ik bin noch net útnûge."

"Jo sjogge my dêr wol," sei de Kat en ferdwûn.

It die Alice gjin nij. Hja rekke der alhiel ta wend, dat der nuvere dingen barden. Wylst se stie te sjen nei it plak, dêr't de Kat sitten hie, wie er der ynienen wer.

"Om fan it iene yn't oare te praten: wêr is de poppe?" sei de Kat. "Ik soe al ferjitte dernei te freegjen."

"Hy is yn in bichje feroare," andere Alice o sa kalm, krekt as wie de Kat hiel gewoan weromkommen.

"Hie 'k wol tocht," sei de Kat en ferdwûn op 'e nij.

Alice bleau efkes stean, om't hja heal en heal ferwachte, dat er nochris opdaagje soe, mar hy kaam net en nei in pear minuten kuiere se yn de rjochting, dêr't neffens de Kat de Maartske Hazze wenje moast. "Huoddemakkers haw ik wol earder sjoen," sei se by harsels. "De Maartske Hazze is grif folle nijsgjirriger en om't it maaie is, sil er wol net healwiis wêze – alteast net sa healwiis as yn maart." Doe't hja omheech seach, siet de Kat wer op in beamtûke.

"Wat seine jo ek wer? 'Bichje' of 'michje'?" sei de Kat.

"Ik sei 'bichje'," andere Alice, "en ik woe, dat jo ophâlden fan samar ynienen te ferdwinen en te ferskinen. Yslik."

"Bêst, hear," sei de Kat, en diskear ferdwûn er tige stadich, begjinnende by it puntsje fan syn sturt en eindigjende by de glimk, dy't noch in skoftke nei bleau.

"Hea! Ik haw faak en folle in kat sjoen sûnder in glimk," tocht Alice, "mar in glimk sûnder in kat! Dat is wol it nuverste, dat ik fan myn libbensdagen sjoen haw."

Hja hie noch net sa lang kuiere, doe't se it hûs seach. Se tocht, dat dit wol it goede hûs wêze moast, want de skoarstiens liken op earen en it dak wie fan fel. It wie sa'n grut hûs, dat se net tichterby komme doarst ear't hja wat iten hie fan it stikje poddestoel yn har linkerhân en harsels sa'n sechtich sintimeter heech makke hie. En lykwols rûn se noch tige foarsichtich nei it hûs ta, wylst se sei: "Stel dy foar, dat er wol net wiis is! Ik soe hast wolle, dat ik dochs mar de Huoddemakker opsocht hie!"

Haadstik VII

De gekke teebesite

Under in beam foar it hûs stie in tafel klear en de Maartske Hazze en de Huoddemakker sieten derby te teedrinken. In Sliepermûs siet tusken harren yn, fêst yn de sliep, en de oare twa brûkten him as kessen. Hja steunden mei de earmtakken op de Sliepermûs en praten oer syn kop hinne mei-elkoar. "Net noflik foar de Sliepermûs," tocht Alice. "Mar hy sliept en dus sil er der wol neat om jaan."

It wie in grutte tafel, mar de trije teedrinkers sieten op in protsje oan ien hoeke. "Gjin plak! Gjin plak!" rôpen se, doe't se Alice oankommen seagen. "Der is plak by it *soad*!" sei Alice lilk en hja joech har by de tafel del yn in grutte earmstoel.

"Nim wat wyn!" sei de Maartske Hazze gastfrij.

Alice seach de hiele tafel oer, mar der wie neat oars as tee. "Ik sjoch gjin wyn," sei se.

"Der is ek gjin wyn," sei de Maartske Hazze.

"Dan wie it ek net botte fatsoenlik fan jo en bied it oan," sei Alice lilk.

"It wie ek net botte fatsoenlik fan jo en gean sitten sûnder dat jo nûge binne," sei de Maartske Hazze.

"Ik wist net, dat it *jo* tafel wie," sei Alice. "Hy stiet klear foar folle mear as trije."

"Jo hier moat knipt," sei de Huoddemakker. Hy hie al in skoft tige nijsgjirrich nei Alice sjoen en dit wiene de earste wurden, dy't er sei.

"Jo moatte noch leare net persoanlik te wurden," sei Alice strang. "Dat is tige ûnfatsoenlik."

De Huoddemakker skuorde grutte eagen op, doe't er dit hearde, mar hy *sei* neat oars as: "Wat is de oerienkomst tusken in raven en in skriuwburo?"

"Kom, no sille wy in grap hawwe," tocht Alice. "Ik bin bliid, dat se mei riedlingen begjinne – dizze wit ik wol, leau 'k," sei se lûdop.

"Bedoele jo, dat jo it andert riede kinne?" sei de Maartske Hazze.

"Jawis," sei Alice.

"Dan moatte jo sizze wat jo bedoele," ferfette de Maartske Hazze.

"Fansels," andere Alice hastich, "teminsten – teminsten, ik bedoel wat ik sis – dat is itselde, begripe jo?"

"Dat is hielendal net itselde!" sei de Huoddemakker. "Dan kinne jo likegoed sizze: 'Ik sjoch wat ik yt' is itselde as 'Ik yt wat ik sjoch'."

"Jo kinne likegoed sizze," sei de Maartske Hazze, "dat 'Ik mei graach wat ik krij' itselde is as 'Ik krij wat ik graach mei'."

"Jo koene likegoed sizze," sei de Sliepermûs, dy't yn 'e sliep like te praten, "dat 'Ik sykhelje as ik sliep' itselde is as 'Ik sliep as ik sykhelje'."

"Dat *is* foar dy ek itselde," sei de Huoddemakker tsjin de Sliepermûs en dêrmei wie it praat út en it selskip siet in skoftke swijend byelkoar, wylst Alice beprakkesearde wat hja alsa wist fan ravens en skriuwburo's en dat wie net folle.

De Huoddemakker ferbriek it earste de stilte. "De hoefolste binne wy hjoed?" frege er oan Alice. Hy hie syn horloazje út 'e bûse helle en seach der soarchlik nei. Hy skodde it ris hinne en wer en hâlde it oan syn ear.

Alice tocht efkes nei en sei: "De fjirde."

"Hy rint twa dagen efter!" suchte de Huoddemakker. "Ik sei al, dat bûter net goed wie foar it oerwurk," ferfette er en hy seach lilk nei de Maartske Hazze.

"It wie oars sokke *bêste* bûter," andere de Maartske Hazze dimmen.

"Allegearre goed en bêst, mar der moatte ek bôlekrommen by yn rekke wêze," mompele de Huoddemakker. "Do hiest de bûter der net mei it breames yn smarre moatten."

De Maartske Hazze naam it horloazje en beseach it mankelyk. Doe dipte er it yn syn kopke tee en beseach it nochris, mar hy koe blykber neat betters betinke as syn earste opmerking: "It wie oars sokke *bêste* bûter, ju."

Alice hie frijwat benijd oer syn skouder sjoen. "Wat in snoad horloazje!" sei se. "It wiist wol de datum oan, mar net hoe let oft it is."

"Wêrom soe it?" grommele de Huoddemakker. "Wiist *jo* horloazje miskien oan hokfoar jier it is?"

"Fansels net," andere Alice beret, "mar dat komt, om't it sa'n lang skoft efter elkoar itselde jier is."

"En dat is ek it gefal mei mines," sei de Huoddemakker.

Alice begriep der net in byt fan. Hja koe kop noch sturt fine oan wat de Huoddemakker sei. "Ik begryp jo net alhiel," sei se, sa fatsoenlik as se koe.

"De Sliepermûs sliept wer," sei de Huoddemakker en hy geat him in bytsje gleone tee op de snút.

De Sliepermûs skodde noartich mei de kop en sei sûnder de eagen iepen te dwaan: "Fansels, fansels. Krekt wat ik ek sizze woe."

"Hawwe jo it riedling al ret?" sei de Huoddemakker tsjin Alice.

"Nee, ik jou it op," andere Alice. "Wat is de oplossing?"

"Gjin idee," sei de Huoddemakker.

"Ik ek net," sei de Maartske Hazze.

Alice suchte en helle de skouders op. "Jimme koene de tiid al better brûke," sei se, "as har te fergriemen mei riedlingen, dêr't gjin andert op is."

"As jo de Tiid likegoed koene as ik," sei de Huoddemakker, "dan soene jo net prate oer *har* fergrieme. It is *him.*"

"Ik wit net wat jo bedoele," sei Alice.

"Fansels net," sei de Huoddemakker en hy skodholle oer safolle dommens. "Ik leau grif, dat jo noch noait mei de Tiid praat hawwe."

"Miskien wol net," andere Alice foarsichtich, "mar ik wit wol, dat de tiid my ornaris ûntkomt, as ik nei skoalle ta moat."

"Ha! Dêr hast it al!" sei de Huoddemakker. "Hy wol ek net fêsthâlden wurde. As jo soargen, dat jo goede freonen mei him bleaune, dan soe er alles wol foar jo dwaan wolle. Stel bygelyks, dat it moarns njoggen oere is. De skoalle begjint. Jo hoege de Tiid mar efkes wat yn it ear te flústerjen en, hup, dêr giet de klok – tolve oere! Iterstiid!"

(“Wie it mar iterstiid,” flústere de Maartske Hazze by himsels.)

“Dat soe al moai wêze,” sei Alice betochtsum, “mar ik soe ommers noch gjin sin oan iten hawwe.”

“Earst miskien net,” sei de Huoddemakker, “mar jo koene it tolve oere bliuwe litte, salang as jo woene.”

“Dogge jimme it sa?” frege Alice.

De Huoddemakker skodholle mismoedich. “Ik net!” andere hy. “Wy hawwe yn maart spul hân, de Tiid en ik, krekt foardat hy gek waard, moatte jo witte.” (Hy wiisde mei it teeleppeltsje nei de Maartske Hazze) “It wie op it grutte muzykfeest, dat de Hertekeninginne joech, en ik moast sjonge:

‘Flearmûs, flearmûs, dideldei,
Wat fljochsto dêr efternei?’

Kenne jo dat ferske miskien?”

“Ik haw alris sokssawat heard,” sei Alice.

“It is noch net út,” sei de Huoddemakker. “Dan komt:

‘Do fljochst yn de loft sa heech,
As in teeblêd, mar dan leech.
Dideldideldei –’”

Op dat stuit gappe de Sliepermûs en begûn sliependewei te sjongen: "*Didel, didel, didel, didel –*" en hy song salang troch, dat se him knipe moasten. En doe hâlde er op.

"Ik hie noch mar krekt it earste kûplet songen," sei de Huoddemakker, "doe't de keninginne begûn te razen: 'Hy deadet de Tiid! Syn kop moat der ôf!'"

"Wat heislike wreed!" rôp Alice út.

"En sûnt," ferfette de Huoddemakker mankelyk, "wol de Tiid neat mear foar my dwaan! It is no altyd fjouwer oere."

Dêr skimere Alice wat. "Stiet hjir dêrom safolle teeguod?" frege se.

"Krekt," sei de Huoddemakker mei in sucht, "it is altyd teetiid en wy hawwe noait de gelegenheid om it smoarge spul om te waskjen."

"Dêrom skowe jimme grif hieltyd mar in plak op, no?" sei Alice.

"Krekt," sei de Huoddemakker. "As it spul smoarch is, skowe wy op."

"Mar as jimme dan wer oan it begjin komme?" woe Alice witte.

"Litte wy oer wat oars prate," sei de Maartske Hazze gapjend. "Ik wurd hjir sa slûch fan. De jongejuffer moast ús mar in ferhaal fertelle."

"Ik wit gjin ferhaal," sei Alice, frijwat kjel fan dit útstel.

"Dan moat de Sliepermûs wat fertelle!" rôpen se beide. "Wekker wurde, Sliepermûs!" En se knypten him elk oan in kant.

De Sliepermûs die oerstadich de eagen iepen. "Ik sliepte net," sei er mei in heas en swak lûd, "ik haw elk wurd fan jimme wol heard."

"Fertel ús in ferhaaltsje!" sei de Maartske Hazze.

"Ja, toe!" smeke Alice.

"En gau," sei de Huoddemakker, "oars sliepst wer foardat it út is."

O sa hastich begûn de Sliepermûs te fertellen: "Der wiene ris trije suskes en se hieten Elske, Gelske, en Jelske en se wennen op de boaiem fan in put –"

"Wêr libben se fan?" frege Alice, want se hie altyd grutte niget oan iten en drinken.

"Hja libben fan sjerp," sei de Sliepermûs, nei't er in skoft prakkeseard hie.

"Dat bestiet net," sei Alice. "Dan wiene se siik wurden."

"Dat wiene se ek," sei de Sliepermûs, "*deasiik.*"

Alice besocht har sa'n wûnderlike wize fan libjen foar te stellen, mar it slagge har net en dêrom frege se fierder: "Mar wêrom wennen se op de boaiem fan in put?"

"Jit josels nochris yn," sei de Maartske Hazze earnstich.

"Ik haw noch neat hân," sei Alice misledige, "en dus kin ik ek net *nochris* ynjitte."

"Jo bedoele, dat jo net *minder* tee nimme kinne," sei de Huoddemakker, "mar it is maklikernôch om in kear faker as net ien kear yn te jitten."

"Haw ik jo wat frege?" sei Alice.

"Ha! Wa wurdt der no persoanlik?" frege de Huoddemakker triomfantlik.

Alice wist sa gau net, wat se dêrop sizze moast, en dus naam se mar tee en koekjes, en se frege nochris oan de Sliepermûs: "Wêrom wennen se op de boaiem fan in put?"

De Sliepermûs prakkesearre wer in hiel skoft en doe sei er: "It wie in sjerpput."

"Dat bestiet net!" begûn Alice o sa lilk, mar de Huoddemakker en de Maartske Hazze flústeren: "Sssst! sssst!" en de Sliepermûs sei noartich: "As jo jo fatsoen net hâlde kinne, dan meitsje jo sels it ferhaal mar ôf."

"O nee. Gean astebleaft fierder!" sei Alice dimmen. "Ik sil jo net wer yn de mûle falle. Der kin bêst *ien* sjerpput wêze."

"Ien?" sei de Sliepermûs misledige, mar hy gie lykwols fierder. "En sa sieten dy trije suskes dêr – se wiene skeppend dwaande, sjoch –"

"Wêr dat mei?" Alice fergeat alhiel, dat se neat mear sizze soe.

"Mei sjerp," sei de Sliepermûs, diskear sûnder lilk te wurden.

"Ik wol in skjin kopke," sei de Huoddemakker ynienen. "Allegearre in plak opskowe."

Hy skode fuort in plak op en de Sliepermûs ek. De Maartske Hazze kaam op it plak fan de Sliepermûs en Alice gie mei tsjinsin sitten op it plak fan de Maartske Hazze. De Huoddemakker wie de iennichste, dy't profyt hie fan dizze feroaring, en Alice hie der skea fan, want de Maartske Hazze hie krekt it molkkantsje omgoaid yn syn teepantsje.

Alice woe de Sliepermûs net wer op it sear komme, dat hja begûn o sa foarsichtich: "Mar ik begryp der neat fan. Wêr skepten se dy sjerp dan út?"

"Men kin wetter skeppe út in wetterput," sei de Huoddemakker, "en ik soe sizze, datst dan ek sjerp skeppe kinste út in sjerpput, netwier, tutte?"

"Mar se sieten ommers *yn* de put," sei Alice en se die krekt as hie se net heard wat de Huoddemakker sei.

"Fansels," sei de Sliepermûs, "se sieten *djip* yn de put."

It kaam Alice allegear sa ûnbegryplik foar, dat se de Sliepermûs in hiel skoft trochprate liet.

"Hja wiene skeppend dwaande," gie de Sliepermûs fierder. Hy gappe wylst en wreau yn de eagen, want hy waard o sa slûch. "En hja skoepen fan alles, allerhanne dingen, dy't mei in M begjinne."

"Wêrom mei in M?" frege Alice.

"Wêrom net?" sei de Maartske Hazze.

Alice hâlde har stil.

De Sliepermûs hie no de eagen ticht en sakke súntsjes yn 'e slom. Mar hy waard mei in skreau wekker om't de Huoddemakker him knypte en ferfette: "– dingen, dy't begjinne mei in M, lykas mûzefallen, de moanne, molkbussen en mânske mannichten – allegearre masterwurken. Men kin maklik sizze fan mânske mannichten, mar hawwe jo ea in skepping sjoen fan mânske mannichten?"

"Hea, no't jo it my sa freegje," sei Alice, alhiel ferstuivere. "Ik leau net –"

"Dan kinne jo jo ek better stilhâlde," sei de Huoddemakker.

Dit bewiis fan ûnfatsoen wie mear as Alice ferneare koe. Lilk kaam se oerein en rûn fuort. De Sliepermûs foel daliks yn 'e sliep en de beide oaren namen hielendal gjin notysje fan har, ek net, doe't se in pear kear omseach, yn de hope, dat se har weromroppe soene. De lêste kear dat hja omseach, besochten se de Sliepermûs yn de treppot te triuwen.

"Dêr kom ik yn gjin gefal wer!" sei Alice, wylst hja de wei troch de bosk naam. "It is de gekste teebesite, dy't ik ea meimakke ha!"

Krekt doe't se dit sei, seach se in beam mei in doar der yn. "Dat is frjemd!" tocht se. "Mar alles is hjoed frjemd. Ik kin der foar itselde ek fuort wol yngean." En se stapte ta de beam yn.

Se stie wer yn de lange seal en deun by de glêzen tafel. "No sil ik better oppasse," sei se tsjin harsels. Se naam it gouden kaike en die de doar nei de tún fan it slot. Doe begûn se fan de poddestoel te knabbeljen (se hie in stikje bewarre) oant se sawat tritich sintimeter lang wie. Doe kuiere se troch it gonkje. En *doe* – wie se dan einlings yn de moaie tún tusken de kleurige blomperken en de koele fonteinen.

HAADSTIK VIII

It croquetfjild fan de Keninginne

By de yngong fan de tún stie in grutte roazebeam mei wite roazen, mar der wiene trije túnmannen drok dwaande se read te fervjen. Alice fûn dat mar nuver en hja kaam tichterby om by de mannen te sjen. Se hearde krekt, dat ien fan harren sei: “Sjoch út dyn eagen, Fiif! Do griemst my ûnder de ferve!”

“Ik koe it net helpe,” prottele Fiif. “Sân stjitte my tsjin de earmtakke.”

Doe seach Sân op en sei: “Moai sa, Fiif! Jou fral in oar de skuld mar!”

“*Do* koest dy better stilhâlde,” sei Fiif. “Ik haw de Keninginne juster noch sizzen heard, datst fertsjinneste, dat dyn kop derôf slein wurdt.”

“Wêrom?” sei de man, dy’t it earste sprutsen hie.

“Dat giet dy neat oan, Twa!” sei Sân.

“Dat giet him *wol* oan!” sei Fiif. “En ik sil it him wol sizze: om’t er de kok tulpebollen brocht hat ynstee fan sipels.”

Sân smiet syn kwaste del en soe krekt opspatte: "Hoe bestiet it! Wat ûnrjochtfeardich –" doe't syn each op Alice foel. Hy hâlde him ynienen stil. De oaren seagen doe ek om en makken in djippe bûging.

"Soene jimme my astebleaft fertelle wolle," sei Alice in bytsje skruten, "wêrom as jimme dy roazen ferfje?"

Fiif en Sân seine neat, mar seagen nei Twa. En Twa begûn sêft: "It sit eins sa, juffer: dizze beam hearde in reade roazebeam te wêzen, mar wy hawwe der by fersin in witenien delset. En as de Keninginne it fernimme mocht, dan wiene wy allegearre ús hollen kwyt, begripe jo. En dêrom dogge wy ús bêst, juffer, om foar't de Keninginne komt –" Op dit stuit rôp Fiif, dy't hieltyd benaud de tún oersjoen hie: "De Keninginne! De Keninginne!" en de trije túnmannen lieten har fuort plat oer de grûn falle. Se hearde in hiel soad fuotstappen en Alice seach benijd om har hinne, want hja woe graach de Keninginne sjen.

Earst kamen der tsien soldaten mei stokken. Se hiene krekt sa'n model as de trije túnmannen, langwizich en plat, mei de hannen en fuotten oan de hoeken. Dêrnei kamen der tsien hôvelingen. Dy wiene alhiel fersierd mei ruten yn de foarm fan jujubes en hja rûnen twa by twa, krekt as de soldaten. Efter harren oan kamen de keninklike bern mei har tsienen en de lytse harterkes sprongen en dûnsen by twaën, hân yn hân. De bern hiene allegearre herten op har lyfkes. Dêrefter kamen de gasten, meast keningen en keninginnen, en tusken harren murk Alice de Wite Knyn op. De Knyn prate rêd en senuweftich en glimke om alles wat der sein waard. Hy rûn foarby sûnder Alice te fernimmen. Dan folge de Herteboer, dy't de Keningskroan op in read flewielen kessen drûch, en as lêsten yn de grutte optocht kamen DE HERTEKENING EN DE HERTEKENINGINNE!

Alice stie yn bestân oft hja ek oer de grûn falle moast, krekt as de túnmannen, mar hja leaude net, dat dat regel wie by optochten, "en boppedat", beprakkesearre hja, "wat foar doel soene optochten hawwe as de lju allegearre plat op har gesichten lizze moasten en der neat fan seagen?" En dêrom bleau se stean dêr't se stie en wachte.

Doe't de optocht oan har ta wie bleaune se allegearre stean en seagen Alice oan, en de Keninginne frege strang: "Wa is dit?" Hja frege it oan de Herteboer, dy't ta andert allinne mar glimke en in bûging makke.

"Healwize!" sei de Keninginne en skodde brûkel de holle. En tsjin Alice sei hja: "Hoe hjitsto, bern?"

"Myn namme is Alice, as it Jo Majesteit haget," sei Alice tige fatsoenlik, mar hja tocht der by harsels by: "Wêrom soe ik benaud wêze? Se binne ommers neat oars as in pak spylkaarten."

"En wa binne *dat?*" frege de Keninginne en wiisde nei de trije túnmannen, dy't om 'e roazebeam hinne leine. Om't hja op har gesichten leine en it patroantsje op har rêgen krekt gelyk wie as op de oare kaarten, koe se net útmeitsje oft it túnmannen wiene, of soldaten, of hôvelingen, of trije fan har eigen bern.

"Hoe soe *ik* dat witte?" frege Alice, dy't kjel waard fan har eigen oermoed. "Dat is myn saak net."

De Keninginne waard fjoerread fan lilkens. Se seach Alice in skoftke ferskuorrend oan en raasde doe: "Derôf mei har holle! Derôf –"

"Unsin!" sei Alice tige lûd en tige beret, en de Keninginne hâlde har fuort stil.

De Kening lei de hân op har earm en sei sêft: "Och leave, se is ommers mar in bern!"

De Keninginne gie lilk by him wei en sei tsjin de Boer: "Kear se om!"

Dat die de Boer, hiel foarsichtich, mei ien foet.

"Kom oerein!" sei de Keninginne mei in skrille, lûde stim, en fuortdaliks sprongen de túnmannen oerein en begûnen bûgingen te meitsjen nei de Kening, de Keninginne, de keninklike bern en alle oaren.

"Lit dat!" kriet de Keninginne. "Jimme meitsje my dwyl." Doe kearde hja har nei de roazebeam en ferfette: "Wat hawwe jimme *no* dien?"

"As it Jo Majesteit haget," sei Twa ûnderdienich wylst er op ien knibbel lizzen gie, "wy besochten –"

"Krekt!" sei de Keninginne, dy't wylst de roazen goed besjoen hie. "Ik sjoch it al. Derôf mei har koppen!" en de optocht gie fierder. Trije fan de soldaten bleaune benefter om de ûngelokkige túnmannen om hals te bringen, mar dy draafden nei Alice ta om beskerming.

"Jimme hollen komme der net ôf, hear," sei Alice en se treau harren yn in grutte blompot, dy't deunby stie. De trije soldaten sochten in skoftke om de túnmannen en marsjearden doe rêstich fierder, efter de oaren oan.

"Binne har hollen derôf?" skreaude de Keninginne.

"Har hollen binne fuort, as it Jo Majesteit haget!" skreauden de soldaten werom.

"Moai sa!" skreaude de Keninginne. "Kinsto croquet spylje?"

De soldaten swijden en seagen nei Alice, en dus wie de frage blykber foar har ornearre.

"Ja!" skreaude Alice.

"Kom dan mei!" raasde de Keninginne en Alice folge de optocht, al benijd wat der fierder barre soe.

"It – it is moai waar," sei in sêfte stim njonken har. Hja rûn njonken de Wite Knyn, dy't har in bytsje benaud oanseach.

"Ja, tige," sei Alice. "En wêr is de Grevinne?"

"Sst! sst!" flústere de Knyn hastich. Hy seach kjel oer it skouder wylst er prate, doe gie er op syn teannen stean, brocht syn mûle deun by Alice har ear en flústere: "Hja is ta de dea feroardiele."

"Wêrfoar?" sei Alice.

"*Wat* seine jo? 'It muoit my'?" frege de Knyn.

"Welnee," sei Alice. "It muoit my alhiel net. Ik sei 'Wêrfoar?'."

"Hja hat de Keninginne in pats om 'e earen jûn –" begûn de Knyn. Alice joech in gjalp fan it laitsjen. "O, sst!" flústere de Knyn kjel. "De Keninginne mocht jo ris hearre! It siet sa: hja wie frijwat let en doe sei de Keninginne –"

"Op jimme plakken!" rôp de Keninginne mei in stim as in tongerslach en it folk begûn alle kanten út te draven en hja fleagen hieltyd tsjin elkoar op. Hja rekken lykwols ridlik gau op har plakken en it spul koe begjinne.

Alice betocht, dat se noch noait sa'n wûnderlik croquetfjild sjoen hie. Oeral wiene groppen en bulten, de ballen wiene libbene stikelbarchjes, de hammerkes, dêr't se de ballen mei fuortslaan moasten, wiene libbene flamingo's en de poartsjes, dêr't de ballen ûndertroch slein wurde moasten, wiene neat oars as de soldaten, dy't, dûbelteard, op hannen en fuotten stean moasten.

It slimste fûn Alice yn it earstoan it hantearjen fan de flamingo. It slagge har gau genôch syn lichem ûnder de earm te krijen mei de poaten nei ûnderen, mar hieltyd as se syn nekke wer moai rjocht hie en de stikelbaarch in fikse tik jaan soe, draaide er de kop om en seach har lyk oan mei sokke ferheard eagen, dat hja wol yn laitsjen útboarste moast. En as se syn kop nei ûnderen hie en op 'e nij begjinne soe, hie de stikelbaarch him krekt wer ôfrôle en wie dwaande fuort te rinnen. En behalven dizze tûkelteammen stie der as regel in bult yn it paad of wie der krekt in groppe, as se de stikelbaarch fuortslaan woe. En mei't de dûbeltearde soldaten ek noch hieltyd oereinkamen en in oar plak opsochten yn it fjild, hie Alice al gau yn 'e gaten, dat dit wol in hiel slim spultsje wie.

De spilers spilen allegearre tagelyk en wachten net op har bar, hja kreauden oan ien tried wei en fochten om 'e stikelbargen. It duorre mar koart, doe wie de Keninginne wol sa ôfgryslike lulk, dat se stampfuotsjend omrûn en om de minút raasde: "Derôf mei syn kop!" of "Derôf mei har kop!"

Alice fielde har neat noflik. Hja hie noch wol gjin ferskil fan miening hân mei de Keninginne, mar dat koe elk eagenblik barre. "En hoe," tocht se, "sil it dan mei my komme? Se meie hjir o sa graach immen in kopke lytser meitsje. It docht my nij, dat der noch guon yn it libben binne!"

Se seach om har hinne nei in mooglikheid om út te fyljen en frege har ôf, oft der kâns wie om fuort te kommen sûnder dat immen it seach. Doe fernaam se in wûnderlik ferskynsel yn 'e loft. Earst wist se net wat it wêze koe, mar nei in skoftsje ûntdiek se, dat it in glimk wie en se sei by harsels: "It is de Siferske Kat. No haw ik alteast immen om mei te praten!"

"Slagget it wat?" frege de Kat, sadree't der genôch mûle foar it ljocht kommen wie om mei te praten.

Alice wachte oant syn eagen ek ferskynden en knikte doe. "It hat gjin doel tsjin him te praten, foardat syn earen der binne, of alteast ien ear." Efkes letter wie de hiele kop der en doe sette Alice de flamingo del en die in ferslach fan it croquetspyljen, bliid, dat der ien wie, dy't nei har harke. De Kat wie blykber fan betinken, dat der no foldwaande fan him wie, en de rest ferskynde net.

"Ik leau hielendal net, dat se earlik spylje," klage Alice, "en se kreauwe sa heislik, dat men jinsels net ienris ferstean kin – en se lykje ek hielendal gjin spulregels te hawwen, en as se dy al hawwe, dan hâldt net ien him der oan – en jo witte net heal hoe betizend it is, dat alle dingen libje. It poartsje bygelyks, dêr't myn stikelbaarch troch moat, rint samar fuort nei de oare kant fan it fjild – en doe't ik de stikelbaarch fan de Keninginne reitsje moast, rûn er fuort, doe't er minent oankommen seach!"

"Wat sizze jo fan de Keninginne?" flústere de Kat.

"Ik mei har hielendal net," sei Alice. "Hja is sa – sa –" Op dat stuit fernaam se, dat de Keninginne deun efter har stie te harkjen, en dêrom gie hja fierder: "– sa tûk yn croquet, dat it de muoite net wurdich is en spylje in spultsje út."

De Keninginne glimke en kuiere fierder.

"Tsjin wa prate jo yn de goedichheid," sei de Kening, wylst er op Alice ta kaam, en hy seach mei grutte eagen nei de kattekop.

"Dat is in freon fan my – in Siferske Kat," sei Alice. "Ik sil him efkes oan jo foarstelle."

"Hy sjocht der mar raar út," sei de Kening, "mar hy mei my in tút op 'e hân jaan, as er wol."

"Leaver net!" sei de Kat.

"Net sa bretaal," sei de Kening, "en sjoch my net sa oan!" Under it praten wei gie er efter Alice har rêch stean.

"In kat mei hiel wol nei in kening sjen," sei Alice. "Dat haw ik ris lêzen, mar ik wit net wêr."

"Dy kat moat fuort," sei de Kening beret en hy rôp tsjin de Keninginne, dy't krekt foarby kaam: "Leave, ik woe, datst dy kat fuortjeie lietste!"

De Keninginne wist mar ien manier om alle swierrichheden, grut of lyts, út 'e wei te krijen. "Slaan him de kop ôf!" sei se sûnder op of om te sjen.

"Ik sil de boal sels helje," sei de Kening iverich en draafde fuort.

Alice fûn, dat se no krektlikegoed hinnegean koe en sjoch hoe't it spul ôfrûn. Yn 'e fierte hearde se de stim fan de Keninginne, kritend fan woede. Alice hie al heard, dat se trije fan de spilers ta de dea feroardiele hie om't se missloegen, en se fielde har neat op har gemak, om't it spul sa betiizjend wie, dat se noait wist, wannear't hja oan bar wie en wannear net. Dat se rûn fuort om har stikelbaarch op te sykjen.

De stikelbaarch focht krekt mei in oare stikelbaarch, en dit like Alice in gaadlike kâns om de iene mei de oare te reitsjen. It iennige beswier wie, dat har flamingo nei de oare kant fan it fjild gien wie. Alice koe sjen, hoe't er helpeleas besocht yn in beam te fleanen.

Doe't se op 't lêst de flamingo fongen hie, wie de fjochterij oer, en de beide stikelbargen wiene nearne mear te sjen. "Mar dat jout ek net folle," tocht Alice, "om't der op dizze ein net ien poartsje mear is." En dêrom krige hja de flamingo fêst ûnder de earm, dat er net wer útnaaie soe, en rûn werom om noch wat te praten mei har freon.

Doe't hja wer by de Siferske Kat wie, seach se frijwat op, want der stie in hiele kloft om him hinne. Der wie in hiel petear geande tusken de boal, de Kening en de Keninginne, dy't alle trije tagelyk praten, wylst de oaren swijden en ûngerêst liken te wêzen.

Sagau't Alice ferskynde, fregen se har alle trije om rie. Hja seine nochris tsjin har, wat hja al tsjin elkoar sein hiene, mar om't se wer tagelyk it wurd hiene, wie it net maklik út te finen, wat se no krekt bedoelden.

De boal bewearde, dat hy gjin kop ôfslaan koe, as der gjin lichem wie om de kop fan ôf te slaan, dat soks him noch noait earder opdroegen wie, en dat er dêr op *syn* jierren ek net mear oan begjinne woe.

De Kening bewearde, dat jo elk de kop ôfslaan koene, dy't in kop hie, en dat jo gjin kletspraat hearden te ferkeapjen.

De Keninginne bewearde, dat as der net fuortendaliks wat oan dien waard, hja elk fan de oanwêzigen in kop lytser meitsje soe. Dêrom seagen alle omstanders fansels sa earnstich en ûngerêst.

Alice koe gjin better andert betinke as: "Dy kat is fan de Grevinne. Jo kinne *har* better freegje."

"Hja sit yn de finzenis," sei de Keninginne tsjin de boal. "Helje har op." En de boal skeat fuort as in pylk út in bôge.

De kop fan de Kat begûn stadich wei te wurden, sa gau't de boal fuort wie, en doe't er weromkaam mei de Grevinne, wie de Kat alhiel ferdwûn. De Kening en de boal draafden as wylden hinne en wer om him te sykjen, en de oaren ferfetten it croquetspyljen.

Haadstik IX

It ferhaal fan de Sabeare Skyldpod

"Ik kin net heal sizze hoe bliid as ik bin dy wer te sjen, âlde," sei de Grevinne; hja heakke gesellich by Alice yn en tegearre kuieren se fierder.

Alice wie bliid, dat se sa'n goed sin hie en se betocht, dat it faaks de piper west hie, dêr't de Grevinne sa wreedaardich fan west hie, doe't hja har mette yn de keuken.

"As *ik* nochris Grevinne wurd," sei se by harsels (mar net sa botte hoopfol), "wol ik *hielendal* gjin piper yn myn keuken hawwe. Sop smakket hiel goed sûnder – en miskien is it altyd wol piper, dy't minsken ferkeard en koart makket," betocht hja fierder, tige optein dat se in nij soarte fan regel útfûn hie, "en jittik makket har soer – en kamille makket har bitter – en – en sjerp en sa makket de bern fansels leaf. Ik woe, dat de minsken dit wisten. Dan makken se der har net sa drok om, begrypst –"

Hja tocht alhiel net mear om de Grevinne en waard in kromke kjel, doe't se har stimme hearde deun by har ear. "Do tinkst earne oer nei, famke, en dêrom ferjitst te praten. Ik kin dy no net krekt sizze wat de moraal dêrfan is, mar ik sil it ûnthâlde."

"Miskien hat it gjin moraal," doarst Alice te sizzen.

"Ho-ho, myn bern," sei de Grevinne. "Alles hat in moraal ek al sjochst it net." En hja drukte Alice har earm stiver tsjin har oan.

Alice fûn dy gemiensumens net botte noflik. Yn it foarste plak om't de Grevinne *slim* ûnsjoch wie, en twad om't hja krekt grut genôch wie om har kin rêste te litten op Alice har skouder en it wie in net noflik skerp kin. Hja woe lykwols net ûnfatsoenlik wêze en dêrom fernearde se it, sa goed as se koe.

"It spul giet no frijwat better," sei se om it praat op gong te hâlden.

"Sa sit it," sei de Grevinne. "En de moraal *dêrfan* is – 'O, 't is leafde, 't is leafde, dêr't de wrâld om draait!'"

"Oaren sizze," flústere Alice, "dat alles better giet as elk him mei syn eigen saken bemuoit!"

"No, dat komt ek frijwat op itselde del," sei de Grevinne, wylst hja har skerp kin yn Alice har skouder stiek, en se ferfette: "En de moraal *dêrfan* is – 'Hâld de holle derby, dan rêdt de mûle him fansels'."

"Wat mei hja dochs graach oeral de moraal fan sykje," tocht Alice.

"Do tinkst grif, wêrom slacht se de earm net om myn mul," sei de Grevinne nei in skoftke, "mar dat is om't ik dyn flamingo net alhiel fertrou. Sil ik it dochs mar besykje?"

"Hy koe ris bite," warskôge Alice, want se fielde neat foar dit besykjen.

"Netwier?" sei de Grevinne. "Flamingobekken en moster binne beide skerp. En de moraal dêrfan is – ''t Bêste by elkoarren hearre, fûgels mei deselde fearren'."

"Ja, mar moster is gjin fûgel," sei Alice.

"Hast fansels gelyk," sei de Grevinne. "Wat kinsto de dingen skerp stelle!"

"Moster sil wol in mineraal wêze, tink ik," sei Alice.

"Fansels," sei de Grevinne, dy't ree like om it iens te wêzen mei alles wat Alice sei. "Der is hjir tichteby in grutte mostermyn. En de moraal dêrfan is – 'Wat mear der is fan minent, wat minder der is fan dinent'."

"O, no wit ik it!" rôp Alice, dy't net nei de Grevinne harke hie. "Moster is in plant. It liket net op in plant, mar it is al sa."

"Dat stim ik dy folslein mei," sei de Grevinne, "en de moraal *dêrfan* is – 'Wês, sa as oaren dy sjogge' – of, ast it dúdliker hearre wolste – 'Byldzje dysels noait yn, datst net oars biste as datst likest by oaren dat wat ast wieste of wêze hawwe koeste net oars wie as wat ast west haste yn de eagen fan oaren'."

"Ik leau al, dat ik jo better begripe soe," sei Alice tige fatsoenlik, "as jo it foar my opskreaune, mar sa begryp ik jo net alhiel."

"O, ik soe it noch wol folle moaier sizze kinne," andere de Grevinne fleurich.

"O, jo hoege wier gjin muoite te dwaan om it noch langer te sizzen," sei Alice.

"O, praat net fan muoite," sei de Grevinne. "Ik jou dy alles kado, wat ik oant no ta sein ha."

"In guodkeap kado!" tocht Alice. "Ik bin bliid, dat ik net sokke jierdeiskadootsjes krij." Mar se doarst it net lûdop te sizzen.

"Tinkst al wer?" frege de Grevinne en dolde op 'e nij mei har skerp kin yn Alice har skouder.

"Ik haw it rjocht om te tinken," sei Alice skerp, want se fielde har net sa noflik mear.

"Sawat likefolle rjocht," sei de Grevinne, "as biggen hawwe om te fleanen. En de m—"

Mar op dit stuit foel, ta Alice har grutte ferwûndering, de Grevinne har stim ynienen wei, midden yn har leaflingswurd "moraal" en de earm, dy't by harres ynheakke wie, trille. Alice seach op, en dêr stie de Keninginne foar har mei de earms oer elkoar en in gesicht as in tongerwolk. "Moai waar, Majesteit!" begûn de Grevinne dimmen.

"No warskôgje ik dy noch ienkear," rôp de Keninginne stampfuotsjend. "Of do óf dyn holle ferdwine op dit stuit! Do hast it foar it kiezen!"

De Grevinne die har kar en makke dat se fuortkaam.

"Wy geane fierder mei it spul," sei de Keninginne tsjin Alice. Alice wie fierstente benaud om tsjin te praten, dat hja folge har werom nei it croquetfjild.

De oare gasten hiene de ôfwêzichheid fan de Keninginne te baat nommen en leine noflik yn it skaad. Sa gau't se har lykwols seagen, spilen se hastich fierder. De Keninginne hoegde nammers allinne mar te sizzen, dat ien eagenblik útstel har it libben kostje soe.

De hiele tiid, dat hja spilen, die de Keninginne neat oars as kreauwe mei de oare spilers en raze "Syn kop derôf!" of "Har kop derôf!" Wa't feroardiele wiene waarden fêsthâlden troch de soldaten, dy't dan fansels ophâlde moasten mei poartsjes te wêzen, en sadwaande wiene der binnen likernôch in healoere gjin poartsjes mear oer en alle spilers, útsein de Kening, de Keninginne en Alice, wiene oppakt en feroardiele ta de dea.

Doe hâlde de Keninginne einlings op fan croquetspyljen. Se gappe nei de siken en sei tsjin Alice: "Hast de Sabeare Skyldpod al sjoen?"

"Nee," sei Alice. "Ik wit net ienris wat in Sabeare Skyldpod is."

"Dêr meitsje se Sabeare Skyldpodsop fan," sei de Keninginne.

"Ik haw noch noait ien sjoen, noch derfan heard," sei Alice.

"Kom dan mei," sei de Keninginne, "dan kin er dy syn libbensferhaal fertelle."

Doe't se tegearre fuortrûnen, hearde Alice de Kening sûntsjes tsjin it hiele selskip sizzen: "Jimme krije allegearre graasje."

"Dat liket der op!" sei Alice by harsels, want se fielde har net noflik, doe't der safolle ta de dea feroardiele wiene.

Hja kamen al gau in Griffioen tsjin. (Ast net witste wat in Griffioen is, moatst sjen, datst der in plaatsje fan krijste.) "Oerein, lui skepsel!" sei de Keninginne, "en bring dizze jongejuffer nei de Sabeare Skyldpod. Dy moat har syn ferhaal fertelle. Ik moat werom en tasjen by in stik as wat eksekúsjes, dy't ik gebean haw." Hja gie fuort en liet Alice efter by de Griffioen. Alice mocht it gesicht fan it skepsel net lije, mar se betocht dat it al like feilich wie om by de Griffioen te bliuwen as de wrede Keninginne efternei te gean en dus wachte hja ôf.

De Griffioen kaam oerein en wreau yn de eagen. Doe seach er de Keninginne efternei oant hja út it sicht wie en doe nokkere er. "Wat in mop!" sei de Griffioen heal tsjin himsels en heal tsjin Alice.

"Wat is de mop?" frege Alice.

"No, *hja* –" sei de Griffioen. "Hja docht mar sabeare. Se meitsje noait nimmen dea, witste. Kom mei!"

"Elkenien seit hjir: 'kom mei!'," tocht Alice, wylst hja stadich efter de Griffioen oan rûn. "Ik bin fan myn libbensdagen noch noait sa hinne en wer kommandeard!"

Hja hiene noch mar in lyts eintsje rûn, doe't se yn de fierte de Sabeare Skyldpod seagen. Hy siet drôf en iensum op in smel richeltsje fan in rots en doe't se tichterby kamen koe Alice him suchtsjen hearre as soe it hert him brekke. Se hie djip begrutsjen mei him. "Wêrom is er sa drôf?" frege se oan de Griffioen, en de Griffioen andere mei hast deselde wurden as niiskrektsa: "Hy docht mar sabeare. Hy is net drôf. Kom mei!"

Dat se giene nei de Sabeare Skyldpod ta, dy't har oanseach mei eagen as teepantsjes, dy't fol triennen stiene. Mar hy sei neat.

"Dizze jongejuffer hjirre," sei de Griffioen, "wol minlike graach dyn libbensferhaal hearre."

"Ik sil it har fertelle," sei de Sabeare Skyldpod mei in djippe holle stim. "Gean sitten, allebeide, en sis gjin wurd oant ik klear bin."

Se joegen har del en in pear minuten lang sei nimmen in wurd. Alice tocht by harsels: “Hy komt sa noait klear as er net begjint.” Mar hja wachte geduldich.

“Ienris,” sei de Sabeare Skyldpod op’t lêst mei in djippe sucht, “wie ik in echte Skyldpod.”

Doe folge der in tige lange stilte, allinne út en troch ûnderbrutsen troch in útrop fan “Hjckrrh!” fan de Griffioen en it oanienwei snokken fan de Sabeare Skyldpod. Alice woe al oerein gean en sizze: “Tige tank, mynhear, foar jo ynteressant ferhaal,” mar se betocht ek wer, dat der grif mear komme moast, en dêrom bleau se sitten en sei neat.

“Doe’t wy lyts wiene,” gie de Sabeare Skyldpod op ’t lêst rêstiger fierder, hoewol’t er út en troch noch in bytsje snokte, “giene wy nei skoalle yn de see. De master wie in âlde Seeskyldpod – wy neamden him altyd Dekskyldpod.”

“Wêrom neamden jimme him Dekskyldpod as er net ien wie?” frege Alice.

“Wy neamden him Dekskyldpod om’t er ús ôfdekte fansels,” sei de Sabeare Skyldpod noartich. “Wat bist ek stom!”

“Do moatst dy skamje foar sa’n ûnnoazele fraach,” sei de Griffioen en doe swijden hja beide en seagen de earme Alice oan. Se wie it leafst troch de grûn sonken. Op ’t lêst sei de Griffioen tsjin de Sabeare Skyldpod: “Avenseare, myn jong. It hoecht gjin oeren te duorjen!” en hy ferfette mei dizze wurden:

“Ja, wy giene nei skoalle yn de see, al wolst it faaks net leauwe –”

“Haw ik dat sein?” frege Alice him.

“Jawis,” sei de Sabeare Skyldpod.

“Hâld dy stil!” sei de Griffioen foardat Alice de mûle wer opdwaan koe. De Sabeare Skyldpod ferfette:

“Wy krigen it alderbêste ûnderwiis – ja, wy giene sels alle dagen nei skoalle –”

"Ik gie ek alle dagen nei skoalle," sei Alice. "Dêr hoege jo sa grutsk net op te wêzen."

"Mei ekstra lessen?" frege de Sabeare Skyldpod in bytsje besoarge.

"Ja," sei Alice. "Wy hiene ek Frânsk en muzyk."

"En waskjen?" frege de Sabeare Skyldpod.

"Fansels net!" sei Alice koart.

"O, mar dan wiest net op in goede skoalle," sei de Sabeare Skyldpod alhielendal op 't skik. "Op ús skoalle krigen wy ekstra lessen yn Frânsk, muzyk *en waskjen*."

"Dêr hiene jo grif net folle ferlet fan," sei Alice, "dêr op 'e boaiem fan 'e see."

"Us mem-en-dy koene de ekstra lessen ek net betelje," sei de Sabeare Skyldpod mei in sucht. "Ik krige allinne de gewoane lessen."

"Wat wie dat?" frege Alice.

"Lêbje en Skreauwe fansels om te begjinnen, en dan de ferskillende soarten fan rekkenjen – Opskeppe, Ôfbrekke, Ferminderfâldigje en Dielnimme."

"Ik haw noch nea fan 'Ferminderfâldigjen' heard," doarst Alice op te merken. "Wat is dat?"

De Griffioen tilde de beide poaten omheech fan ferheardens. "Noait heard fan ferminderfâldigje!" rôp er út. "Do witst wat fermannichfâldigje is, tink?"

"Ja," sei Alice, "dat betsjut – dat jo – fan wat – mear meitsje."

"No dan," sei de Griffioen, "ast dan net witste wat ferminderfâldigje is, bist stom."

Alice hie de moed net en doch noch mear fragen, dat hja sei tsjin de Sabeare Skyldpod: "Wat moasten jimme mear leare?"

"Wy hiene Faderlânske Konsistoarje," andere de Sabeare Skyldpod wylst er de fakken ôftelde op syn skobben – "Konsistoarje fan âlde tiden en nije, en Seedrykskunde, en Skilferjen. De Skilfermaster wie in âlde see-iel, dy't ienkear yn 'e wike kaam. Hy learde ús Swetsen, Skilferjen en Kleurjen mei Kleurwyt."

"Hoe seach *dat* derút?" sei Alice.

"Dat kin ik dy spitigernôch sels net sjen litte," sei de Sabeare Skyldpod. "Ik bin kleureblyn. En de Griffioen hat soks noait leard."

"Gjin tiid," sei de Griffioen. "Ik haw les hân fan in master yn Gryksk en Latyn. Dat wie in âld krab."

"Ik haw gjin les fan him hân," sei de Sabeare Skyldpod mei in sucht. "Hy learde jin it Laitsjen en it Gûlen, seine se."

"Jawis, jawis," sei de Griffioen en suchte ek en beide skepsels ferburgen it gesicht yn 'e poaten.

"En hoefolle lessen hiene jimme deis?" sei Alice mar gau om har oandacht ôf te lieden.

"De earste dei tsien," sei de Sabeare Skyldpod, "de twadde dei njoggen en sa fierder."

"Wat in wûnderlik lesroaster!" rôp Alice út.

"Dêrom neame se in les ek les," sei de Griffioen. "De lêste komt alle dagen in oere earder."

Dit wie in hiel nij idee foar Alice en hja prakkesearde der efkes oer nei (les, lêster, lêst) eardat hja har folgjende opmerking makke. "Dan wie de alfte dei dus in fakânsjedei?"

"Ja, fansels," sei de Sabeare Skyldpod.

"En hoe diene jimme dan op de tolfte?" woe Alice graach witte.

"Wy hawwe no genôch oer skoalle en lessen praat," foel de Griffioen har yn 'e mûle. "Fertel har no wat oer de spultsjes, dy't wy diene."

Haadstik X

De dûns fan de kreeften

De Sabeare Skyldpod suchte djip en fage mei de rêch fan in poat de eagen ôf. Hy seach Alice oan en besocht wat te sizzen, mar hieltyd moast er snokke. "Krekt as hie er in bonkje yn 't kielsgat," sei de Griffioen en hy skodde de Sabeare Skyldpod hinne en wer en sloech him op 'e rêch. Op't lêst koe de Sabeare Skyldpod wer lûd jaan en mei triennen yn 'e eagen ferfette er:

"Do hast grif net lang ûnder yn de see wenne –" ("Hielendal net," sei Alice) "– en faaks hast noch noait kennis makke mei in kreeft –" (Alice soe omtrint sizze: "Ik haw alris ien preaun –" mar se hâlde de wurden gau yn en sei: "Nee, noch noait") "– en dus hast fansels ek gjin idee hoe prachtich in Kreeftedûns is!"

"Nee, gjin idee," sei Alice. "Hokfoar dûns is dat?"

"Sjoch," sei de Griffioen. "Do foarmest earst in lange rige by de see lâns –"

"Twa rigen!" rôp de Sabeare Skyldpod. "Seehûnen, skyldpodden, salmen en sa fierder, en dan, ast alle kwallen út 'e wei fage haste –"

"Dat nimt meastal frijwat tiid," ûnderbriek de Griffioen.

"– dan dochst twa stappen foarút –"

"Elk mei in kreeft oan 'e earm!" rôp de Griffioen.

"Fansels," sei de Sabeare Skyldpod, "twa stappen foarút –"

"– wikselje fan kreeften en werom op deselde wize," ferfolge de Griffioen.

"En dan," gie de Sabeare Skyldpod fierder, "smytst de –"

"De kreeften!" raasde de Griffioen en sprong yn 'e loft.

"– sa fier de see yn ast kinste –"

"Swim efter har oan!" skreaude de Griffioen.

"Meitsje in salto yn see!" rôp de Sabeare Skyldpod, wylst er wylde bokkesprongen makke.

"Wikselje wer fan kreeften!" kriet de Griffioen.

"En werom nei it lân – dat heart allegearre by de earste figuer," sei de Sabeare Skyldpod hommels rêstich en sêft, en de beide skepsels, dy't hieltyd hinne en wer en op en del hipt hiene as healwizen, joegen har tige earnstich en o sa stil del en seagen nei Alice.

"Dat moat wol in bysûnder sierlike dûns wêze," sei Alice dimmen.

"Woest der in stikje fan sjen?" sei de Sabeare Skyldpod.

"Ja, o sa graach," sei Alice.

"Kom, lit ús de earste figuer besykje," sei de Sabeare Skyldpod tsjin de Griffioen. "Wy kinne it ek wol sûnder kreeften ôf. Wa sil sjonge?"

"O, sjong do mar," sei de Griffioen. "Ik wit de wurden net mear."

En sa begûnen se earnstich om Alice hinne te dûnsjen. Hja trapen dêrby hieltyd op har teannen as se te tichteby kamen, en sloegen de mjitte mei de foarpoaten, wylst de Sabeare Skyldpod oerstadich en plechtich song:

"Slak, kinst net wat avenseare?" sei in witing. "Toe dan!
Hurd!
Efter ús dêr draaft in brúnfisk en dy stapt my op 'e sturt.
Sjoch, dêr komme alle kreeften en ek alle podden al.
Sjoch, se wachtsje op it seestrân – dogge jo ek mei oan 't bal?
Wolst wol, wolst net, wolst wol, wolst net mei ús dûnsje op it bal?
Wolst wol, wolst net, wolst wol, wolst net mei ús dûnsje op it bal?

"O, hoe hearlik as it feest wurdt! O, jo hawwe gjin idee,
As s' ús nimme en ús smite, mei de kreeften, fier yn see."
Mar de slak sei: "My te fier, hear!" en hy seach frij wat oeral,
Sei, hy wie de witing tankber, mar hy die net mei oan 't bal.
Woe net, koe net, woe net, koe net, woe net meidwaan oan it bal.
Woe net, koe net, woe net, koe net, woe net meidwaan oan it bal.

"'t Let fansels neat, as wy fier gean," sei it skobbich bist beret.
"Want oan de oare kant de see is gau al wer in wâl. Of net?
Biste fier genôch fan Ingelân, dan hast omtrint Frankryk al.
Wês dus mar net bang, myn slak, en kom do ek hjoed op it bal.
Wolst wol, wolst net, wolst wol, wolst net mei ús dûnsje op it bal?
Wolst wol, wolst net, wolst wol, wolst net mei ús dûnsje op it bal?"

"Tankewol. Dat wie in tige nijsgjirrige dûns," sei Alice, bliid, dat it dien wie. "En ik mei dat wûnderlike fers oer de witing o sa graach lije!"

"No't wy it dochs oer de witing hawwe," sei de Sabeare Skyldpod, "se – jo kenne se grif wol?"

"Ja," sei Alice, "ik haw se fakernôch op ta –" Alice hâlde har mar gau stil.

"Wêr't Ta keard is, wit ik net," sei de Sabeare Skyldpod, "mar as jo se sa faak sjoen hawwe, dan witte jo fansels wol, hoe't se der útsjogge."

"Ik leau fan wol," sei Alice en tocht nei. "Se hawwe de sturt yn de bek en se sitte ûnder it panearmoal."

"Jo binne mis mei it panearmoal," sei de Sabeare Skyldpod. "It panearmoal soe der yn see ôfspiele. Mar se hawwe yndied de sturt yn de bek, en de reden dêrfan is –" Op dit stuit gappe de Sabeare Skyldpod en die de eagen ticht. “Fertel do har mar oer de reden en al soks mear,” sei er tsjin de Griffioen.

“De reden is,” sei de Griffioen, “dat se perfoarst mei de kreeften nei it bal ta woene. En dus waarden se withoe fier de see yn smiten. Dus moasten se in hiel ein falle. Dus hâlden se de sturt goed fêst yn ’e bek. Dus koene se him der net wer út krije. Sa sit it, sjoch.”

“Tankewol,” sei Alice. “Tige nijsgjirrich. Ik haw noch noait safolle fan witings witten.”

“Ik kin jo der noch wol folle mear fan fertelle,” sei de Griffioen. “Witte jo wêrom’t er witing hjit?”

“Dêr haw ik noait oer neitocht,” sei Alice. “Wêrom dan?”

“Hy docht de skuon,” andere de Griffioen plechtich.

Alice stie perpleks. “Docht de skuon!” sei hja it bist stomferwûndere nei.

“No, wêr wurde jo skuon mei dien?” frege de Griffioen. “Ik bedoel: wêr glimme se sa moai fan?”

Alice seach nei har swarte skuon en tocht in skoft nei ear’t se andere: “Dy wurde dien mei swart guod, leau ’k.”

“Skuon yn see,” ferfette de Griffioen mei in djip lûd, “wurde dien mei wyt guod en dat docht de witing. No witte jo it.”

“En wêr binne dy skuon dan fan makke?” frege Alice tige benijd.

“Fan ielshûden en skobbejakken fansels,” andere de Griffioen frijwat koart. “Dat koe elke garnaal jo noch wol fertelle.”

“As ik de witing west hie,” sei Alice, dy’t noch altyd neitocht oer it fers, “hie ik tsjin de slak sein: ‘Bliuw dêr, asjebleaft. Wy wolle dy net heal mei hawwe.’”

“Se woene him krekt graach mei hawwe,” sei de Sabeare Skyldpod. “Gjin fisk mei sûn ferstân sil útgean sûnder in slakje.”

“Wier net?” sei Alice ferheard.

"Fansels net," sei de Sabeare Skyldpod. "As in fisk by my kaam, no, en my fertelde, dat er nei it bal soe, dan soe ik freegje: Nimst ek in slakje?"

"O, jo bedoele fansels fan 'slokje'?" sei Alice.

"Ik bedoel wat ik sis," andere de Sabeare Skyldpod slim misledige. En de Griffioen sei: "Kom, lit ús ris wat hearre fan *jo* aventoeren."

"Ik soe jimme myn aventoeren fertelle kinne, te begjinnen by fan 'e moarn," sei Alice in bytsje skruten, "mar it hat gjin sin om werom te gean oant juster, want doe wie ik in hiel oarenien."

"Lis ús dat ris út," sei de Sabeare Skyldpod.

"Nee, nee! Earst de aventoeren," sei de Griffioen ûngeduldich. "Utlis nimt sa'n soad tiid!"

En sa begûn Alice har aventoeren te fertellen fan it eagenblik ôf, dat hja foar it earst de Wite Knyn seach. Se wie earst wat senuweftich, want de beide skepsels krûpten deun tsjin har oan, elk oan in kant, en hja skuorden de eagen en de mûlen heislik fier iepen, mar hja krige al fertellendewei mear moed. Har taharkers sieten sa stil as mûskes oant se safier wie, dat se "*Jo binn' âld, pake Willem*," opsizze moast foar de Rûp, en dat de wurden hiel oars wiene as oars. Doe sykhelle de Sabeare Skyldpod djip en sei: "Dat is bjusterbaarlik."

"Sa bjusterbaarlik as wat," sei de Griffioen.

"It wie hielendal oars!" sei de Sabeare Skyldpod Alice nei. "Ik soe wolle, dat se no nochris besocht wat op te sizzen. Sis har, dat se begjinne moat." Hy seach de Griffioen oan, net liker as tocht er, dat dy Alice baas koe.

"Gean oerein en sis op: '*Dit is de stim fan de slûgert*'," sei de Griffioen.

"Dy skepsels kommandeare mar en litte my mar leskes opsizze!" tocht Alice. "Ik koe likegoed op skoalle wêze." Mar se gie dochs oerein en begûn it fers op te sizzen, mar hja siet sa fol fan de Kreeftedûns, dat hja kwalik wist wat hja sei en de wurden hearden yndied nuver.

"'t Is de stim fan de kreeft en witsto wat er sei?
Do bakst my te brún en myn hier fljocht der nei.
As in ein mei syn eachslid, sa hy mei syn noas,
poetst er syn knopen en stoppet syn hoas.
By ebbe leit er fan blidens te kraaien
en hat poer de gek mei de roppichste haaien,
Mar wurdt it heech wetter en komt der in haai,
Dan rydbosket kreeftman en wurdt skierder as waai."

"Dat is oars as wy it as bern leard hawwe," sei de Griffioen.

"Ik haw it noait earder heard," sei de Sabeare Skyldpod, "mar it liket my bûtenwenstige ûnsin."

Alice sei neat. Hja joech har wer del mei it gesicht yn 'e hannen en frege har ôf, oft der ea wer wat gewoan wurde soe.

"Lis it my ris út," sei de Sabeare Skyldpod.

"Dat kin se net," sei de Griffioen mar gau. "No it twadde fers."

"Mar dat oer dy hoas," hâlde de Sabeare Skyldpod oan. "Hoe koe er dy hoas stopje mei syn noas?"

"Dat heart sa by it dûnsjen," sei Alice, mar se wie sa yn 'e war troch it hiele gefal, dat se graach oer wat oars prate woe.

"Fierder mei it folgjende fers," sei de Griffioen ûngeduldich. "It begjint sa: '*Ik kaam by syn tún lâns*'."

Alice doarst net nee te sizzen, mar se fielde oankommen, dat it hielendal ferkeard gean soe. Lykwols ferfette hja mei triljend lûd.

"Ik kaam by syn tún lâns en seach doe ynienen,
Hoe't de Ule en de Panter oan 't sopiten wiene.
De Panter naam 't sop mei it fleis en it spek.
De Ule hie de soppanne dwers yn 'e bek.
Dêr moast er 't mei dwaan, en de Panter sei, âlde,
No meisto dy smoarrige leppel wol hâlde.
Sels naam er al gromjend de foarke en 't mes.
Hy sei Wolbekomme en ——"

"Wat foar sin hat it soks op te sizzen," foel de Sabeare Skyldpod har yn de mûle, "ast der wylst gjin útlis by dochste? Ik haw noch noait sa'n ûnsin heard."

"Ik leau ek, datst better ophâlde kinste," sei de Griffioen en Alice woe neat leaver.

"Sille wy nochris in oare figuer fan de Kreeftedûns besykje?" frege de Griffioen. "Of wolst leaver, dat de Sabeare Skyldpod in ferske foar dy sjongt?"

"O, in ferske graach, as de Sabeare Skyldpod sa freonlik wêze wol," andere Alice sa graach, dat de Griffioen in bytsje rekke sei: "Hm! Smaken ferskille! Sjong '*Skyldpodsop*' foar har, jonge."

De Sabeare Skyldpod begûn skriemend te sjongen:

"Prachtich moai sop, sa fet en fyn,
Wachtsjend yn in sopterryn!
Wa tipt foar dit hearliks net oan 'e dop?
Sop fan de jûntiid, prachtich moai sop!
Sop fan de jûntiid, prachtich moai sop!
Praa—aachtich moai Soo—oop!
Praa—aachtich moai Soo—oop!
Soo—oop fan de jû—û—ûntiid,
Prachtich moai, prachtich moai sop!

"Prachtich moai Sop! Wa mei noch iel.
Hin of knyn of hokfoar miel?
Wa joech net alles te wrâld foar in kop-
fol hearlik en prachtich moai Sop?
Kopfol hearlik en prachtich moai Sop?
Praa—aachtich moai Soo—oop!
Praa—aachtich moai Soo—oop!
Soo—oop fan de jû—û—ûntiid,
Prachtich moai, prachtich MOAI SOP!"

"Nochris it refrein!" rôp de Griffioen, en de Sabeare Skyldpod wie krekt wer út ein set, doe't se yn de fierte de rop hearden: "It proses begjint!"

"Kom mei!" rôp de Griffioen. Hy pakte Alice by de hân en draafde fuort, sûnder de ein fan it liet ôf te wachtsjen.

"Hokker proses is dat?" hime Alice ûnder it draven wei, mar de Griffioen sei allinne: "Kom mei!" en rûn noch hurder, wylst de wyn hieltyd sêfter en sêfter de mankelike wurden efter har oan drûch:

"Soo—oop fan de jû—û—ûntiid,
Prachtich moai, prachtich moai Sop!"

Haadstik XI

Wa hat de taartsjes stellen?

Doe't se oankamen, sieten de Hertekening en de Hertekeninginne op har troan mei in hiel selskip om har hinne: alle soarten fan fûgeltsjes en bisten en it hiele spul kaarten. De Boer stie foar harren, de boeien om, mei in soldaat oan elke kant om op him te passen. Njonken de Kening stie de Wite Knyn mei in trompet yn de iene poat en in rôle perkamint yn de oare. Midden yn 'e rjochtseal stie in tafel mei in grut board fol taartsjes. Se seagen der sa lekker út, dat it wetter Alice om 'e tosken rûn. "Ik woe, dat se avensearden mei de rjochtsaak," tocht hja, "en oan de taartsjes begûnen." Mar dat like der net op en om de tiid om te krijen naam se alles om har hinne goed op.

Alice hie noch noait earder yn in rjochtseal west en it die har goed, dat se dochs wist, wat it allegearre betsjutte. "Dat is de rjochter," sei se by harsels, "om't er sa'n grutte prûk op hat." (Yn Ingelân, dêr't Alice wenne, drage de rjochters prûken).

De Kening wie de rjochter en hy hie de kroan boppe op de prûk. Dat siet grif net noflik en moai like it ek net. Yn in bank sieten tolve skepsels, bisten en fûgels.

"Dat moatte de leden fan de sjuery wêze," tocht Alice. Hja sei trije kear "leden fan de sjuery", want se wie wakker grutsk, dat se dy namme wist. Se beprakkesearde, dat grif net folle famkes fan har jierren safolle fan in rjochtsaak ôfwisten.

De tolve leden fan de sjuery wiene allegearre drok dwaande mei skriuwen op laaien. "Wat dogge se dochs?" flústere Alice de Griffioen yn it ear. "Hja hawwe ommers noch neat te skriuwen, want de rjochtsaak is noch net ienris begûn!"

"Hja skriuwe har nammen op," flústere de Griffioen werom, "want se hawwe soarch, dat se dy foar de ein fan de rjochtsaak net mear witte."

"Domkoppen!" begûn Alice mei in stimme, lûd fan ferheardens, mar se hâlde har gau stil, om't de Wite Knyn rôp: "Stilte!" De Kening sette de bril op en seach grimmitich om him hinne om te sjen, wa't dêr prate.

Alice koe dúdlik sjen, dat de leden fan de sjuery op har laaien skreaune: "Domkoppen", en se koe sels sjen, dat ien fan harren net ienris wist hoe't er "domkoppen" skriuwe moast en dat er it oan syn buorman frege. "Dat sil in sloardrige boel wêze op dy laaien, as de rjochtsaak oer is!" tocht Alice.

Ien fan de leden fan de sjuery hie in grif dat kraste. Dêr koe Alice fansels net oer. Hja rûn om de bank hinne oant se efter syn rêch wie en krige al gau de kâns om him it grif ôf te krijen. Se die it sa handich, dat it lytse sjuerylid (it wie Bill, de Hagedis), net yn 'e gaten hie, wêr't it .grif keard wie. Hy socht in hiel skoft fergees nei it grif en doe moast er fierder wol mei ien finger skriuwe. Dat joech ek neat, want der kaam dochs neat fan op it laai.

"Heraut, lês de beskuldiging!" sei de Kening.

De Wite Knyn die trije stjitten op 'e trompet, tearde doe de perkamintrôle iepen en lies it neikommende:

"De Hertekeninginne hat juster taartsjes bakt.
De Herteboer hat stikem alle taartsjes pakt!"

"Leden fan de sjuery! Wat is jimme fonnis?" sei de Kening.

"Noch net, noch net!" kaam de Wite Knyn gau tuskenbeiden. "Safier is it noch lang net!"

"Rop de earste tsjûge," sei de Kening. De Wite Knyn die wer trije stjitten op 'e trompet en rôp lûd: "Earste Tsjûge!"

De earste tsjûge wie de Huoddemakker. Hy kaam der yn mei in teekopke yn de iene hân en in stikje bôle yn de oare. "Nim my net kwea ôf, Majesteit," sei er, "dat ik dit meinommen haw, mar ik hie noch net earlik it iten dien, doe't ik roppen waard."

"Jo hiene it iten al op hawwe moatten," sei de Kening. "Wannear binne jo begûn?"

De Huoddemakker seach de Maartske Hazze oan, dy't efter him oan de rjochtseal ynkommen wie, earm yn earm mei de Sliepermûs. "It sil de fjirtjinde maart west hawwe," sei er.

"De fyftjinde," sei de Maartske Hazze.

"De sechtjinde," sei de Sliepermûs.

"Opskriuwe," sei de Kening tsjin de sjueryleden en flitich skreaune se de trije datums op har laaien. Doe telden hja se op en rekkenen de útkomst om yn sinten en dûbeltsjes.

"Nim jo hoed ôf," sei de Kening tsjin de Huoddemakker.

"Dy hoed is net fan my," sei de Huoddemakker.

"Stellen!" rôp de Kening út en seach yn de rjochting fan de sjueryleden, dy't der fuort in oantekening fan makken.

"Ik haw huodden om te ferkeapjen," lei de Huoddemakker út. "Ik haw sels net ien. Ik bin huoddemakker fan myn fak."

Op dit stuit sette de Keninginne de bril op en seach de Huoddemakker fûl oan. Hy waard der senuweftich fan en beluts alhiel.

"Lis jo ferklearring ôf," sei de Kening, "en doch net sa senuweftich of ik lit jo fuort deasjitte."

Dit like de tsjûge alhiel net oan te moedigjen. Hy wipte hieltyd fan de iene foet op 'e oare, seach benaud nei de Keninginne, en biet by fersin in stik út syn teekopke ynstee fan út syn brochje.

Krekt op dat stuit fielde Alice wat nuvers. Hja wist earst net wat it wie, mar ynienen waard it har dúdlik: se wie wer dwaande grutter te wurden. Earst tocht se: "Ik moat hjirwei," mar se besleat dochs te bliuwen dêr't se wie, salang't der genôch romte foar har wie.

"Ik woe, dat jo net sa treaune," sei de Sliepermûs, dy't njonken har siet. "Ik kin kwalik sykhelje."

"Ik kin it net helpe," sei Alice dimmen. "Ik groei."

"Jo hawwe it rjocht net en groei hjirre," sei de Sliepermûs.

"Praat gjin ûnsin," sei Alice moedich. "Jo witte bêst, dat jo ek groeie."

"Ja, mar ik groei alteast yn in gewoan tempo," sei de Sliepermûs, "net sa ûnbidich as jo." Hy gie protteljend oerein en kuiere nei de oare kant fan de rjochtseal.

De Keninginne stoarre wylst mar oan ien wei nei de Huoddemakker en krekt doe't de Sliepermûs troch de rjochtseal rûn, sei hja tsjin ien fan de plysjes: "Bring my de list fan de sjongers fan it lêste konsert!" Doe trille de Huoddemakker sa, dat er beide skuon ôfskodde.

"Lis jo ferklearring ôf," herhelle de Kening lilk, "of ik sil jo deasjitte litte, oft jo senuweftich binne of net."

"Ik bin mar in earme man, Majesteit," sei de Huoddemakker mei triljend lûd – "En ik wie noch mar amper begûn te iten – noch net langer as in wike of sa – en dan noch mei bôle, dy't hieltyd tinner waard – en mei it twinkeljen fan 'e tee –"

"It twinkeljen fan *wat?*" sei de Kening.

"It *begûn* mei de tee," andere de Huoddemakker.

"Fansels, twinkelje begjint mei in T!" sei de Kening bits.

"Wêr sjogge jo my foar oan? Fierder!"

"Ik bin mar in earme man," ferfette de Huoddemakker, "en dêrnei twinkelen de measte dingen – mar de Maartske Hazze sei –"

"Ik sei neat," kaam de Maartske Hazze gau tuskenbeiden.

"Wolwier!" sei de Huoddemakker.

"Ik ûntken it!" sei de Maartske Hazze.

"Hy ûntkent it," sei de Kening. "Lit dat der út."

"No hawar dan. De Sliepermûs sei –" ferfette de Huoddemakker en hy seach skruten om him hinne om te sjen, oft dy ek ûntkenne soe, mar de Sliepermûs ûntkende neat, want hy sliepte.

"En dêrnei," sei de Huoddemakker, "snie ik mear bôle –"

"Mar wat sei de Sliepermûs?" frege ien fan de sjueryleden.

"Dat wit ik net mear," sei de Huoddemakker.

"Jo *moatte* it witte," sei de Kening. "Oars lit ik jo deasjitte."

De begrutlike Huoddemakker liet syn kopke en syn brochje falle en gie op ien knibbel lizzen. "Ik bin mar in earme man, Majesteit," begûn er wer.

"Jo binne in *strieminne* sprekker," sei de Kening.

Op dit stuit rôp ien fan de twa stikelbarchjes hoera, mar hy waard fuort delbêde troch in pear plysjes. Om't delbêdzje in frij slim wurd is, sil ik jimme efkes útlizze, hoe't hja dat diene. Hja hiene in grutte linnense sek, dy't fan boppe ticht koe mei in toutsje. Dêr troppen se de stikelbaarch yn; de kop earst. En doe giene se derop sitten.

"Ik bin bliid, dat ik dat ris sjoen haw," tocht Alice. "Ik haw al sa faak yn 'e krante lêzen yn rjochtbankferslaggen: "It publyk op 'e tribune hantsjeklapte, mar it waard fuort del bêde troch de plysje," en ik begriep mar noait wat dat betsjutte."

"As dat alles is, wat jo der fan witte, dan meie jo jo wol deljaan," sei de kening.

"Ik kin my net fierder deljaan," sei de Huoddemakker. "Ik lis ommers al op 'e flier."

"Dan meie jo sitten gean," andere de Kening.

Op dit stuit rôp de oare stikelbaarch hoera en dy waard ek delbêde.

"Sa, no is it dien mei dy stikelbargen," sei Alice. "No sil it wol wat flotter gean."

"Ik soe leaver it iten dien meitsje," sei de Huoddemakker mei in pear benaude eagen yn de rjochting fan de Keninginne, dy't de list fan sjongers lies.

"Jo kinne wol gean," sei de Kening en de Huoddemakker draafde de seal út. Hy gunde him net ienris de tiid om de skuon oan te dwaan.

"– en slaan bûtendoar fuort syn holle derôf," sei de Keninginne tsjin ien fan de plysjes, mar de Huoddemakker wie al út it sicht ear't de plysje by de doar komme koe.

"Folgjende tsjûge!" sei de Kening.

De folgjende tsjûge wie de kokkinne fan de Grevinne. Se hie it piperbuske yn 'e hân. Noch foardat se binnendoarren wie hie Alice yn 'e gaten wa't der oan kaam, want de lju by de doar begûnen allegear tagelyk te prústen.

"Wat hawwe jo te ferklearjen?" sei de Kening.

"Neat," sei de kokkinne.

De Kening seach benijd nei de Wite Knyn, dy't flústere: "Majesteit, jo moatte dizze tsjûge in krúsferhoar ôfnimme."

“Wat moat, dat moat,” sei de Kening suchtsjend. Hy lei de earmen oer elkoar en loek sokke djippe tearen yn de foarholle, dat syn eagen omtrint net mear te sjen wiene, en doe sei er mei holle stim: “Wêr wurde taartsjes fan makke?”

“Meast fan piper,” sei de kokkinne.

“Sjerp,” sei in slûge stim efter har.

“Krij de Sliepermûs,” kriet de Keninginne. “Slaan de Sliepermûs de kop ôf! Bêdzje him del! Knyp him! Knip him syn snor ôf!”

In pear minuten lang hinge de hiele rjochtseal yn touwen, want de Sliepermûs moast der út, en doe’t elkenien wer teplak siet, wie de kokkinne fuort.

“Docht der ek net ta!” sei de Kening suver optein. “Rop de folgjende tsjûge.” En hy sei súntsjes tsjin de Keninginne: “No moatsto de folgjende tsjûge in krúsferhoar ôfnimme, hear, leave. Ik krij der pineholle fan.”

Alice seach nei de Wite Knyn, dy’t wakker mei de finger oer de list skaaide, want se wie benijd wa’t de folgjende tsjûge wurde soe. “In soad bewizen hawwe se noch net,” tocht se. Mar stel dy ris foar hoe ferheard se wie, doe’t de Wite Knyn sa lûd as er koe mei syn skril lûd lies: “Alice!”

Haadstik XII

De ferklearring fan Alice

"Hjir bin ik!" rôp Alice. Hja fergeat fan de skrik, dat se it lêste skoft frijwat groeid wie, en se sprong sa rimpen oerein, dat se de tafel fan de sjueryleden omkipere mei de seame fan har rok. Alle sjueryleden foelen op de hollen fan it folk yn de seal en dêr leine se te spinfuotsjen. Alice moast tinke oan de goudfiskkom, dy't se ferline wike by ûngelok omsmiten hie.

"O, nim my net kwea ôf!" rôp Alice út mei in lûd fol begrutsjen en se begûn sa gau't hja koe de sjueryleden op te krijen, want it ûngemak mei de goudfisken stie har noch klear foar de geast, en se miende mar, dat se de sjueryleden fuortendaliks opkrije en wer oan de tafel sette moast, want oars giene hja dea.

"De rjochtsaak kin net fuortset wurde," sei de Kening tige earnstich, "ear't alle sjueryleden wer op har plakken sitte. Allegearre," sei er nochris mei klam en hy seach wylst lulk nei Alice.

Alice seach de tafel fan de sjuery ris oer en fernaam doe, dat hja de Hagedis op 'e kop set hie. It earme ding swaaide de sturt mismoedich hinne en wer, want op in oare wize koe er him net ferwege. Hja pakte him gau op en sette him oerein. “Net, dat it der folle ta docht,” sei Alice by harsels. “Ik tink, dat er op ’e kop fan likefolle betsjutting is foar de rjochtsaak as oarsom.”

Sagau’t de sjueryleden wat bekommen wiene fan de skrik en doe’t har griffen en laaien fûn en har weromjûn wiene, begûnen se flitich in ferslachje fan it ûngemak te skriuwen. De Hagedis die lykwols net mei. Hy siet mar mei de mûle iepen nei de souder fan de rjochtseal te sjen, sa wie er noch fan de wize.

“Wat witte jo fan dizze saak ôf?” sei de Kening tsjin Alice.

“Neat,” sei Alice.

"*Hielendal* neat?" stie de Kening oan.

"Hielendal neat," sei Alice.

"Dit is tige wichtich," sei de Kening tsjin de sjueryleden. Se soene krekt begjinne om dit op har laaien te skriuwen, doe't de Wite Knyn oerein kaam. "Jo Majesteit bedoelt fansels fan *net* wichtich," sei er mei in tige hoflik lûd, mar hy loek wylst rare gesichten tsjin de Kening.

"Ik bedoelde fansels net wichtich," sei de Kening hastich en sêft sei er by himsels: "wichtich – net wichtich – net wichtich – wichtich –" net liker as besocht er hokker it bêste klonk.

Guon fan de sjueryleden skreaune "wichtich" en oaren "net wichtich". Alice koe it sjen, want hja stie sa tichteby, dat se op 'e laaien sjen koe. "Mar it docht der ek hielendal net ta," tocht se.

Op dit stuit rôp de Kening, dy't in hoartsje sitten hie te skriuwen yn syn aginda: "Stilte!" en hy lies út syn boekje foar: "Artikel Twaënfjirtich. *Alle persoanen, dy't mear as in kilometer lang binne, moatte de rjochtseal ferlitte.*"

Elk seach nei Alice.

"*Ik* bin net in kilometer lang," sei Alice.

"Wolwier," sei de Kening.

"Omtrint twa kilometer," sei de Keninginne.

"Ik gean yn alle gefallen net," sei Alice. "En boppedat jildt it artikel net, want jo hawwe it suver krekt optocht."

"It is it âldste artikel fan it hiele boek," sei de Kening.

"Dan heart it Nûmer Ien te wêzen," sei Alice.

De Kening beloek alhiel en klapte gau syn aginda ticht. "Wat is jimme oardiel," sei er tsjin de sjueryleden mei in swak, triljend lûd.

"Der komme noch mear tsjûgen, Majesteit," sei de Wite Knyn, wylst er hastich oerein kaam. "Dit brief is hjir krekt fûn."

"Wat stiet der yn?" sei de Keninginne.

"Ik haw it noch net iepen makke," sei de Wite Knyn, "mar it liket in brief te wêzen fan de finzene oan – oan immen."

"Dat sil 't wol," sei de Kening, "as it alteast net oan nimmen skreaun is, mar dat komt net sa faak foar."

"Hokker adres stiet derop?" sei ien fan de sjueryleden.

"Der stiet hielendal gjin adres op," sei de Wite Knyn. "Der stiet hielendal neat op 'e *bûtenkant*." Hy tearde pratendewei it papier iepen en ferfette doe: "It is by neier besjen gjin brief. It is in rigele fersen."

"Is it it hânskrift fan de finzene?" frege ien fan de oare sjueryleden.

"Nee," sei de Wite Knyn, "dat is krekt it nuverste." (De sjueryleden loeken djippe tearen yn de foarhollen.)

"Hy moat in oar syn hânskrift neimakke hawwe," sei de Kening. (Dêr fleurden de sjueryleden wer fan op.)

"As ik efkes mei, Majesteit," sei de Boer. "Ik haw it net skreaun en nimmen kin bewize, dat ik it al skreaun haw, want der stiet gjin hantekening ûnder."

"As jo net tekene hawwe," sei de Kening, "dan makket dat de saak helte slimmer. Jo *moatte* ferkearde bedoelingen hân hawwe, oars hiene jo wol as in earlik man jo hantekening set."

Der waard drok hantsjeklapt, want dit wie de earste snoade opmerking, dy't de Kening dy dei makke hie.

"Dat *bewiist* syn skuld," sei de Keninginne.

"It bewiist net in krom!" sei Alice. "Jo witte net ienris, wêr't it oer giet!"

"Lês foar," sei de Kening.

De Wite Knyn sette de bril op. "Wêr sil ik mei jo wolnimmen begjinne, Majesteit?" frege er.

"Begjin by it begjin," sei de Kening plechtich, "en gean oan de ein ta. Hâld dan op."

Dit wiene de fersen, dy't de Wite Knyn lies:

"My is ferteld, do wiest by har,
en hiest 't oer my tsjin jimme.
Hja sei, 'k wie net sa'n minnen, mar
ik hie gjin doel oer swimmen.

Hy sei har, dat ik hjir noch wie
(Dat wie gjin ligerij):
As hja it saakje trochset hie,
Wat waard der dan fan dy?

Ik joech har ien, hy joech him twa,
Do joechst ús mear derby.
Wy skoden 't spul nei dy werom,
Al wie 't ek earst fan my.

As ik of hja yn dieverij
miskien behelle wiene,
Dan litte jo har grif wer frij,
Sa't wy foarhinne wiene.

Myn earste yndruk wie, datst dus
(Ear't hja waard spikerhurd)
In swier obstakel skodest tus-
ken him en ús en it.

Dat hja de fingers dernei slikket,
Moat hy foaral net witte.
't Is better mar, dat do en ik it
Foargoed 'n geheimke litte."

"Dat is it wichtichste bewiis, dat ik oant no ta heard haw," sei de Kening wylst er yn de hannen wreau. "Lit no dus de sjuery –"

"As ien fan har dit útlizze kin," sei Alice (se wie de lêste eagenblikken sa grut wurden, dat se him bêst yn de rede falle doarst), "dan krijt dy fan my in kwartsje. Ik leau net, dat der foar ien sint betsjutting yn sit."

De sjueryleden skreaune allegearre op har laaien: *"Hja* leaut net, dat der foar in sint betsjutting yn sit," mar net ien fan harren besocht om de fersen út te lizzen.

"As it neat betsjut," sei de Kening, "dan binne wy fan in soad drokte ôf, want dan hoege wy der net om te sykjen. En dochs – Ik wit –" ferfette er wylst er de fersen op de knibbel lei en se mei ien each lies. "Ik sjoch der leau 'k dochs betsjutting yn. '*– ik hie gjin doel oer swimmen –*' Jo kinne net swimme, wol?" sei de Kening tsjin de Boer.

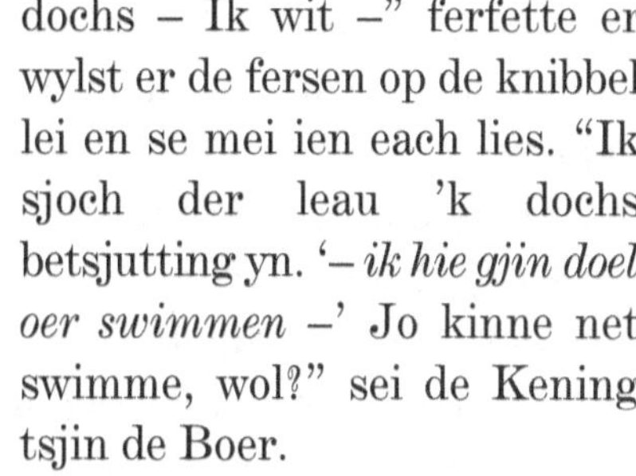

De Boer skodde drôf de holle. "Sjoch ik der nei út?" sei er. (Dat wie fêst it gefal *net,* want hy wie hielendal fan buordpapier.)

"Yn oarder," sei de Kening. Hy mompele de fersen foar himsels. "'*Dat is gjin ligerij*' –

dat slacht fansels op de sjuery – *'As hja it saakje trochset hie'* – dat wie de Keninginne – *'Wat waard der dan fan dy?'* – Wat, yndie! – *'Ik joech har ien, hy joech him twa'* – dat slacht fansels op 'e taartsjes –"

"Mar dan giet it fierder *'Wy skoden 't spul nei dy werom'*," sei Alice.

"No, dêr steane se ommers ek!" sei de Kening triomfantelik en hy wiisde nei de taartsjes op 'e tafel. "Dat is sa klear as in klûntsje. En dan fierder – *'Ear't hja waard spikerhurd'* – do hast noait spikerhurd west, wol, leave?" frege de Kening.

"Noait!" sei de Keninginne lulk en se smiet tagelyk in inketpot nei de Hagedis. (De ûnfertúnlike lytse Bill wie dermei ophâlden om mei ien finger op it laai te skriuwen, om't der dochs neat op kaam, mar no begûn er gau wer te skriuwen mei de inket, dy't him by it gesicht del rûn.)

"Dan slagge de wurden net op dy," sei de Kening. Hy seach glimkjend de seale oer. It bleau deastil.

"Dan hat it ek neat te betsjutten!" ferfette de Kening lulk en doe lake elkenien. "Sjuery, hokker straf hiene jimme tocht?" frege de Kening, dy't sawat foar de tweintichste kear besocht in ein oan de sitting te meitsjen.

"Nee! Neat tocht!" sei de Keninginne. "Fuort it fonnis!"

"Gekheid allegearre!" sei Alice. "Wa begjint no mei it fonnis!"

"Hâld dy de toet!" sei de Keninginne, dy't pears om 'e holle waard.

"Nee!" sei Alice.

"Har holle derôf!" raasde de Keninginne sa lûd as hja koe. Nimmen ferweegde.

"Wat kin ús jo skele?" sei Alice (se hie op dit stuit har normale langte werom). "Jimme binne neat oars as in spul kaarten!"

By dizze wurden fleagen alle kaarten op en fladderen op Alice del. Alice joech in gjalp, heal fan kjellens en heal fan lulkens, en besocht de kaarten fan har ôf te slaan, en doe fernaam se, dat se oan de kant fan it wetter lei mei de holle op de skerte fan har suster, dy't sêft in pear deade blêden weifage, dy't fan de beammen ôfwaaid wiene op Alice har gesicht.

"Wurd wekker, Alice, famke," sei har suster. "Wat hasto lang sliept!"

"O, ik haw sa'n wûnderlike dream hân!" sei Alice, en se fertelde har suster, sa goed as hja se har wer yn it sin bringe koe, al har Aventoeren, dy't jimme niiskrektsa lêzen hawwe.

En doe't it ferhaal út wie joech har suster har in tút en sei: "Dat wie wier in frjemde dream, famke, mar gean no gau yn 'e hûs om iten. It is al let." Dat Alice gie oerein en draafde fuort en wylst betocht se hoe moai as dy dream eins wol west hie.

Mar har suster bleau efter by it wetter. Hja line it kin yn 'e hân en seach nei de ûndergeande sinne wylst hja neitocht oer Alice en al har moaie Aventoeren, oant hja ek dreamerich waard, en dit wie it dat se dreamde:

Earst dreamde se oer de tiid, doe't Alice noch in beuker wie: wer klamme Alice de hantsjes om har knibbel en de heldere, freegjende eachjes seagen nei har op – se wist noch krekt it lûd fan har stimke en it aparte skokje mei de holle om it lange hier efteroer te skodzjen, dat altyd mar wer yn har eagen hingje woe – en wylst hja sa harke of like te harkjen, begûn de hiele tún te libjen mei alle frjemde skepsels út de dream fan har suske.

It lange gers rissele om har fuotten doe't de Wite Knyn foarby kaam; de benaude Mûs spartele troch de puozzen; se hearde it ratteljen fan de teekopkes by de Maartske Hazze en syn freonen oan har einleas miel; en it skrille lûd fan de Keninginne, dy't har earme gasten fan kant meitsje litte woe; op 'e nij prúste de bigge op 'e knibbels fan de Grevinne, wylst pannen en skalen om him hinne oan barrels fleagen; op 'e nij klonk it kriten fan de Griffioen, it krassen fan it grif fan 'e Hagedis en it ûnderdrukt gegnoar fan de stikelbarchjes, wylst út 'e fierte it snokken kaam fan de ûngelokkige Sabeare Skyldpod.

Sa siet hja mei de eagen ticht en leaude heal, dat se sels yn Wûnderlân wie, hoewol't se wist, dat se de eagen mar hoegde op te dwaan en alles soe fuort weromkeare ta de werklikheid fan al den dei – it gers soe allinne mar risselje fan 'e wyn en it puoltsje soe allinne mar rûzje mei de reiden, de ratteljende teekopkes soene feroarje yn it tinkeljen fan de skiltsjes, dy't de skiep omhiene, en it skrille lûd soe de stim wêze fan de jonge skieppehoeder, it geprúst fan de bigge, it kriten fan de Griffioen en alle oare bjusterbaarlike lûden soene feroarje yn de ferskillende lûden fan in boerehiem, wylst it balten fan de kij yn 'e fierte it plak ynnimme soe fan it ferheftich snokken fan de Sabeare Skyldpod.

Op 't lêst stelde se har foar, hoe't dit suske fan har skielk sels in folwoeksen frou wêze soe, en hoe't se ek dan de ienfâld en hertlikheid fan har bernejierren behâlde soe, en hoe't se oare lytse bern om har hinne helje soe om dy har eachjes helder en bliid te meitsjen mei hieltyd nije, frjemde ferhalen, miskien sels mei de âlde dream fan Wûnderlân, en hoe't hja dan weromtinke soe oan har eigen bernetiid en de lokkige simmerdagen, om dan ek alle lytse freugden en fertrietlikheden fan de bern om har hinne mei te fielen.

Sources

Alice's Adventures in Wonderland: The Evertype definitive edition, by Lewis Carroll, 2016

Alice's Adventures in Wonderland, illus. June Lornie, 2013

Alice's Adventures in Wonderland, illus. Mathew Staunton, 2015

Alice's Adventures in Wonderland, illus. Harry Furniss, 2016

Alice's Adventures in Wonderland, illus. J. Michael Rolen, 2017

Through the Looking-Glass and What Alice Found There, by Lewis Carroll, 2009

The Nursery "Alice", by Lewis Carroll, 2015

Alice's Adventures under Ground, by Lewis Carroll, 2009

The Hunting of the Snark, by Lewis Carroll, 2010

Sequels

A New Alice in the Old Wonderland, by Anna Matlack Richards, 2009

New Adventures of Alice, by John Rae, 2010

Alice Through the Needle's Eye, by Gilbert Adair, 2012

Wonderland Revisited and the Games Alice Played There, by Keith Sheppard, 2009

Alice and the Boy who Slew the Jabberwock, by Allan William Parkes, 2016

Alice and the Missing Chapter, New chapters by fourteen authors, edited by Michael Everson, 2024

Spelling

Alice's Adventures in Wonderland, Retold in words of one Syllable by Mrs J. C. Gorham, 2010

𐐈𐑊𐐮𐑅'𐑆 𐐈𐐼𐑂𐐯𐑌𐐽𐐲𐑉𐑆 𐐮𐑌 𐐎𐐲𐑌𐐼𐐲𐑉𐑊𐐰𐑌𐐼 (Alis'z Advenchurz in Wundurland), *Alice* printed in the Deseret Alphabet, 2014

𐐜 𐐐𐐲𐑌𐐻𐐮𐑍 𐐲𐑂 𐐜 𐐝𐑌𐐪𐑉𐐿 (Dh Hunting uv dh Snark), *The Hunting of the Snark* printed in the Deseret Alphabet, 2016

(Thru dh Lüking-Glas and Hwut Alis Fawnd Dher), *Looking-Glass* printed in the Deseret Alphabet, 2016

Alice's Adventures in Wonderland, *Alice* printed in Dyslexic-Friendly fonts, 2015

Through the Looking-Glass and What Alice Found There, *Looking-Glass* printed in Dyslexic-Friendly fonts, 2020

Alice's Adventures in a Dyslexic Wonderland, *Alice* printed in a font that simulates Dyslexia, 2015

(Ælɪsɛz Ædvɛ́ntʃuɹz ɪn Wʌ́nduɹlænd), *Alice* printed in the Ewellic Alphabet, 2013

'Ælɪsɪz Əd'ventʃəz ɪn 'Wʌndəˌlænd, *Alice* printed in the International Phonetic Alphabet, 2014

Alis'z Advnčrz in Wunḍland, *Alice* printed in the Nspel orthography, 2015

Alice's Adventures in Wonderland, *Alice* printed in the Nyctographic Square Alphabet, 2011

The Hunting of the Snark, *The Hunting of the Snark* printed in the Nyctographic Square Alphabet, 2024

Alice's Adventures in Wonderland, *Alice* printed in Pitman New Era Shorthand, forthcoming

Alice's Adventures in Wonderland, *Alice* printed in QR Codes, 2018

(Alɪs'əz ədvɛntjuːrz ɪn Wʌndərlænd), *Alice* printed in the Shaw Alphabet, 2013

ALISIZ ADVENCHRZ IN WUNDRLAND, *Alice* printed in the Unifon Alphabet, 2014

(Aliz kalandjai Csodaországban), The Hungarian *Alice* printed in Old Hungarian script, tr. Anikó Szilágyi, 2016

SCHOLARSHIP

Elucidating Alice: A Textual Commentary on *Alice's Adventures in Wonderland*, by Selwyn Goodacre, 2015

Reflecting Alice: A Textual Commentary on *Through the Looking-Glass*, by Selwyn Goodacre, 2021.

Engaging the Snark: A Textual Commentary on *The Hunting of the Snark*, by Selwyn Goodacre, 2024.

Behind the Looking-Glass: Reflections on the Myth of Lewis Carroll, by Sherry L. Ackerman, 2012

Selections from the Lewis Carroll Collection of Victoria J. Sewell, compiled by Byron W. Sewell, 2014

SOCIAL COMMENTARY

Clara in Blunderland, by Caroline Lewis, 2010

Lost in Blunderland: The further adventures of Clara, by Caroline Lewis, 2010

John Bull's Adventures in the Fiscal Wonderland, by Charles Geake, 2010

The Westminster Alice, by H. H. Munro (Saki), 2017

Alice in Blunderland: An Iridescent Dream, by John Kendrick Bangs, 2010

SIMULATIONS

Davy and the Goblin, by Charles Edward Carryl, 2010

The Admiral's Caravan, by Charles Edward Carryl, 2010

Gladys in Grammarland, by Audrey Mayhew Allen, 2010

Alice's Adventures in Pictureland, by Florence Adèle Evans, 2011

Folly in Fairyland, by Carolyn Wells, 2016

Rollo in Emblemland, by J. K. Bangs & C. R. Macauley, 2010

Phyllis in Piskie-land, by J. Henry Harris, 2012

Alice in Beeland, by Lillian Elizabeth Roy, 2012

Eileen's Adventures in Wordland, by Zillah K. Macdonald, 2010

Alice and the Time Machine, by Victor Fet, 2016

Алиса и Машина Времени (Alisa i Mashina Vremeni), *Alice and the Time Machine* in Russian, tr. Victor Fet, 2016

Also available from Evertype

Sewelliana

Sun-hee's Adventures Under the Land of Morning Calm, by Victoria J. Sewell & Byron W. Sewell, 2016

선희의 조용한 아침의 나라 모험기 (Seonhuiui Joyonghan Achim-ui Nala Moheomgi), *Sun-hee* in Korean, tr. Miyeong Kang, forthcoming

Alix's Adventures in Wonderland: Lewis Carroll's Nightmare, by Byron W. Sewell, 2011

Álobk's Adventures in Goatland, by Byron W. Sewell, 2011

Alice's Bad Hair Day in Wonderland, by Byron W. Sewell, 2013

The Carrollian Tales of Inspector Spectre, by Byron W. Sewell, 2011

The Annotated Alice in Nurseryland, by Byron W. Sewell, 2016

The Haunting of the Snarkasbord, by Alison Tannenbaum, Byron W. Sewell, Charlie Lovett, & August A. Imholtz, Jr, 2012

The Millennium Snark Trilogy, by Byron W. Sewell, 2024

Snarkmaster, by Byron W. Sewell, 2012

In the Boojum Forest, by Byron W. Sewell, 2014

Murder by Boojum, by Byron W. Sewell, 2014

Close Encounters of the Snarkian Kind, by Byron W. Sewell, 2016

Translations

Кайкалдыҥ Јеринде Алисала болгон учуралдар (Kaykaldıñ Cerinde Alisala bolgon uçuraldar), *Alice* in Altai, tr. Küler Tepukov, 2016

Alice's Adventures in An Appalachian Wonderland, *Alice* in Appalachian English, tr. Byron & Victoria Sewell, 2012

Սնարքի Որսը (Snarḱi Orsě), *The Hunting of the Snark* in Eastern Armenian, tr. Alexander Kalantaryan & Artak Kalantaryan, forthcoming

Ալիս Հրաշալիքներու Աշխարհին Մէջ (Alis Hrashaliḱneru Ashkharhin Mēch), *Alice* in Western Armenian, tr. Yervant Gobelean, forthcoming

Patimatli ali Alice tu Văsilia ti Ciudii, *Alice* in Aromanian, tr. Mariana Bara, 2015

Әлисәнең Сәйерстандағы мажаралары (Älisäneñ Säyerstandağı majaraları), *Alice* in Bashkir, tr. Güzäl Sitdykova, 2017

Алесіны прыгоды ў Цудазем'і (Alesiny pryhody u Tsudazem'i), *Alice* in Belarusian, tr. Max Ščur, 2016

На тым баку Люстра і што там напаткала Алесю (Na tym baku Liustra i shto tam napatkala Alesiu), *Looking-Glass* in Belarusian, tr. Max Ščur, 2016

Снаркаловы (Snarkalovy), *The Hunting of the Snark* in Belarusian, tr. Max Ščur, forthcoming

Troioù-kaer Alis e Vro ar Marzhoù, *Alice* in Breton, tr. Herve Kerrain, forthcoming

Crystal's Adventures in A Cockney Wonderland, *Alice* in Cockney Rhyming Slang, tr. Charlie Lovett, 2015

Aventurs Alys in Pow an Anethow, *Alice* in Cornish, tr. Nicholas Williams, 2015

Aventurs Alys in Pow an Anethow Dyllans Dywyêthek Kernowek-Sowsnek, *Alice* in Cornish, bilingual edition, tr. Nicholas Williams, 2021

Alice's Ventures in Wunderland, *Alice* in Cornu-English, tr. Alan M. Kent, 2015

Maries Hændelser i Vidunderlandet, *Alice* in Danish, tr. D.G., forthcoming

آلیس در سرزمین عجایب (Âlis dar Sarzamin-e Ajâyeb), *Alice* in Dari, tr. Rahman Arman, 2015

Äventyrą̈ Alice i Underlandą̈, *Alice* in Elfdalian, tr. Inga-Britt Petersson, 2022

La Aventuroj de Alicio en Mirlando, *Alice* in Esperanto, tr. E. L. Kearney (1910), 2009

La Aventuroj de Alico en Mirlando, *Alice* in Esperanto, tr. Donald Broadribb, 2012

Trans la Spegulo kaj kion Alico trovis tie, *Looking-Glass* in Esperanto, tr. Donald Broadribb, 2012

Les Aventures d'Alice au pays des merveilles, *Alice* in French, tr. Henri Bué, 2015

Les Aventures d'Alice au pays des merveilles, *Alice* in French, tr. Henri Bué, illus. Mathew Staunton, 2015

De aventoeren fan Alice yn Wûnderlân, *Alice* in West Frisian, tr. Tiny Mulder, 2024

ელისის თავგადასავალი საოცრებათა ქვეყანაში (Elisis t'avgadasavali saoc'rebat'a k'veqanaši), *Alice* in Georgian, tr. Giorgi Gokieli, 2016

Alice's Abenteuer im Wunderland, *Alice* in German, tr. Antonie Zimmermann, 2010

Die Lissel ehr Erlebnisse im Wunnerland, *Alice* in Palantine German, tr. Franz Schlosser, 2013

Der Alice ihre Obmteier im Wunderlaund, *Alice* in Viennese German, tr. Hans Werner Sokop, 2012

Balþos Gadedeis Aþalhaidais in Sildaleikalanda, *Alice* in Gothic, tr. David Alexander Carlton, 2015

Nā Hana Kupanaha a ʻĀleka ma ka ʻĀina Kamahaʻo, *Alice* in Hawaiian, tr. R. Keao NeSmith, 2017

Nā Hana Kupanaha a ʻĀleka ma ka ʻĀina Kamahaʻo Kope ʻōlelo Hawaiʻi–ʻōlelo Pelekānia, *Alice* in Hawaiian, bilingual edition, tr. R. Keao NeSmith, 2022

Ma Loko o ke Aniani Kū a me ka Mea i Loaʻa iā ʻĀleka ma Laila, *Looking-Glass* in Hawaiian, tr. R. Keao NeSmith, 2017

Aliz kalandjai Csodaországban, *Alice* in Hungarian, tr. Anikó Szilágyi, 2013

Ævintýri Lísu í Undralandi, *Alice* in Icelandic, tr. Þórarinn Eldjárn, 2013

L'Aventuri di Alicia en Marvelia, *Alice* in Ido, tr. Gonçalo Neves, 2020

Le Aventuras de Alice in le Pais del Meravilias, *Alice* in Interlingua, tr. Rodrigo Guerra, 2020

Eachtra Eibhlíse i dTír na nIontas, *Alice* in Irish, tr. Pádraig Ó Cadhla (1922), 2015

Eachtraí Eilíse i dTír na nIontas, *Alice* in Irish, tr. Nicholas Williams, 2007

Eachtraí Eilíse i dTír na nIontas: Eagrán Dátheangach Gaeilge-Béarla, *Alice* in Irish, bilingual edition, tr. tr. Nicholas Williams, 2022

Lastall den Scáthán agus a bhFuair Eilís Ann Roimpi,
Looking-Glass in Irish, tr. Nicholas Williams, 2009

Le Avventure di Alice nel Paese delle Meraviglie,
Alice in Italian, tr. Teodorico Pietrocòla Rossetti, 2010

Alis Advencha ina Wandalan,
Alice in Jamaican Creole, tr. Tamirand Nnena De Lisser, 2016

L's Aventuthes d'Alice en Èmèrvil'lie,
Alice in Jèrriais, tr. Geraint Williams, 2012

L'Travèrs du Mitheux et chein qu'Alice y dêmuchit,
Looking-Glass in Jèrriais, tr. Geraint Williams, 2012

Алисэ Телъыджэщӏым зэрыщыӏар (Alisė Tel″ydzhėshchḣym zėryshchyḣar), *Alice* in Kabardian, tr. Murat Temyr & Murat Brat, 2020

Алиса Къужур Дунияны Къыдырады (Alisa Qujur Duniyanı Qıdıradı), *Alice* in Karachay-Balkar, tr. Magomet Gekki, 2019

Әлисәнің ғажайып елдегі басынан кешкендері (Älïsänin̄ ǵajayıp eldegi basınan keşkenderi), *Alice* in Kazakh, tr. Fatima Moldashova, 2016

Алисаның Хайхастар Чиpінзеp чоpығы (Alïsanın̄ Hayhastar Çïrinzer çorığı), *Alice* in Khakas, tr. Maria Çertykova, 2017

Алисакӧд Шемӧсмуын лоӧмторъяс (Alisaköd Šemösmuyn loömtor″ias), *Alice* in Komi-Zyrian, tr. Evgenii Tsypanov & Elena Eltsova, 2018

Алисанын Кызыктар Өлкөсүндөгү укмуштуу окуялары (Alisanın Kızıktar Ölkösündögü ukmuştuu okuyaları),
Alice in Kyrgyz, tr. Aida Egemberdieva, 2016

Las Aventuras de Alisia en el Paiz de las Maraviyas,
Alice in Ladino, tr. Avner Perez, 2016

לאס אב׳ינטוראס די אליסייה אין איל פאאיס די לאס מאראב׳ילייאס
(Las Aventuras de Alisia en el Paiz de las Maraviyas),
Alice in Ladino, tr. Avner Perez, 2016

Alisis pīdzeivuojumi Breinumu zemē,
Alice in Latgalian, tr. Evika Muizniece, 2015

Alicia in Terrā Mīrābilī, *Alice* in Latin, tr. Clive Harcourt Carruthers, 2018

Alicia in Terrā Mīrābilī: Ēditiō Bilinguis Latīna et Anglica,
Alice in Latin, bilingual edition, tr. Clive Harcourt Carruthers, 2021

Aliciae per Speculum Trānsitus (Quaeque Ibi Invēnit), *Looking-Glass* in Latin, tr. Clive Harcourt Carruthers, forthcoming

Alisa-ney Aventuras in Divalanda, *Alice* in Lingua de Planeta (Lidepla), tr. Anastasia Lysenko & Dmitry Ivanov, 2014

La aventuras de Alisia en la pais de mervelias, *Alice* in Lingua Franca Nova, tr. Simon Davies, 2012

Alice ęhr Ȩventüürn in't Wunnerland, *Alice* in Low German, tr. Reinhard F. Hahn, 2010

Contoyrtyssyn Ealish ayns Çheer ny Yindyssyn, *Alice* in Manx, tr. Brian Stowell, 2010

Ko Ngā Takahanga i a Ārihi i Te Ao Mīharo, *Alice* in Māori, tr. Tom Roa, 2015

Dee Erläwnisse von Alice em Wundalaund, *Alice* in Mennonite Low German, tr. Jack Thiessen, 2012

Auanturiou adelis en Bro an Marthou, *Alice* in Middle Breton, tr. Herve Le Bihan & Herve Kerrain, forthcoming

The Aventures of Alys in Wondyr Lond, *Alice* in Middle English, tr. Brian S. Lee, 2013

Þurh þe Loking-Glas and What Alys Founde Þere, *Looking-Glass* in Middle English, tr. Brian S. Lee, forthcoming

L'Avventure d'Alice 'int' 'o Paese d' 'e Maraveglie, *Alice* in Neapolitan, tr. Roberto D'Ajello, 2016

Attravierzo 'o specchio e cchello c'Alice ce truvaie, *Looking-Glass* in Neapolitan, tr. Roberto D'Ajello, 2019

L'Aventuros de Alis in Marvoland, *Alice* in Neo, tr. Ralph Midgley, 2013

Elises Eventyr i Undernes Land: den første norske *Alice*: Elise's Adventures in the Land of Wonders: the first Norwegian *Alice*, *Alice* in Norwegian, ed. & tr. Anne Kristin Lande, 2022

Alice sine opplevingar i Eventyrlandet, *Alice* in Nynorsk, tr. Sigrun Anny Røssbø, 2020

Ǣðelgȳðe Ellendǣda on Wundorlande, *Alice* in Old English, tr. Peter S. Baker, 2015

Also available from Evertype

La geste d'Aalis el Païs de Merveilles, *Alice* in Old French, tr. May Plouzeau, 2017

Alitjilu Palyantja Tjuta Ngura Tjukurmankuntjala (Alitji's Adventures in Dreamland), *Alice* in Pitjantjatjara, tr. Nancy Sheppard, forthcoming

Alitji's Adventures in Dreamland: An Aboriginal tale inspired by Alice's Adventures in Wonderland, adapted by Nancy Sheppard, forthcoming

Alice Contada aos Mais Pequenos, *The Nursery "Alice"* in Portuguese, tr., Rogério Miguel Puga, 2015

Aventurile lui Alice în Ţara Minunilor, *Alice* in Romanian, tr., Claudia E. Stoian, 2020

Aventurile Alisei în Ţara Minunilor, *Alice* in Bessarabian Romanian, tr., Tatiana Sima, forthcoming

Сыр Алиса Попэя кэ Чюдэнгири Пхув (Sir Alisa Popeja ke Čudengiri Phuv), *Alice* in North Russian Romani, tr. Viktor Shapoval, 2018

Соня въ царствѣ дива (Sonia v tsarstvie diva): Sonja in a Kingdom of Wonder, *Alice* in facsimile of the 1879 first Russian translation, 2013

Соня в царстве дива (Sonia v tsarstve diva), An edition of the first Russian *Alice* in modern orthography, 2017

Приключения Алисы в Стране Чудес (Prikliucheniia Alisy v Strane Chudes), *Alice* in Russian, tr. Yury Nesterenko, 2018

Приключения Алисы в Стране Чудес (Prikliucheniia Alisy v Strane Chudes), *Alice* in Russian, bilingual edition, tr. Yury Nesterenko, 2022

Приключения Алисы в Стране Чудес (Prikliucheniia Alisy v Strane Chudes), *Alice* in Russian, tr. Nina Demurova, 2020

Алиса в Стране Чудес (Alisa v Strane Chudes), *Alice* in Russian, tr. A. Daktil′ (Anatolii Frenkel′), 2022

Охота на Снарка (Okhota na Snarka), *The Hunting of the Snark* in Russian, tr. Victor Fet, 2016

Ia Aventures as Alice in Daumsenland, *Alice* in Sambahsa, tr. Olivier Simon, 2013

Ocolo id Specule ed Quo Alice Trohv Ter, *Looking-Glass* in Sambahsa, tr. Olivier Simon, 2016

'O Tāfaoga a 'Ālise i le Nu'u o Mea Ofoofogia,
Alice in Samoan, tr. Luafata Simanu-Klutz, 2013

Eachdraidh Ealasaid ann an Tìr nan Iongantas,
Alice in Scottish Gaelic, tr. Moray Watson, 2012

Alice's Adventchers in Wunderland,
Alice in Scouse, tr. Marvin R. Sumner, 2015

Mbalango wa Alice eTikweni ra Swihlamariso,
Alice in Shangani, tr. Peniah Mabaso & Steyn Khesani Madlome, 2015

Ahlice's Aveenturs in Wunderlaant,
Alice in Border Scots, tr. Cameron Halfpenny, 2015

Alice's Mishanters in e Land o Farlies,
Alice in Caithness Scots, tr. Catherine Byrne, 2014

Alice's Advenchers in Wunnerlaund,
Alice in Fife Scots, tr. Tom Hubbard, 2024

Alice's Adventirs in Wunnerlaun,
Alice in Glaswegian Scots, tr. Thomas Clark, 2014

Ailice's Anters in Ferlielann,
Alice in North-East Scots (Doric), tr. Derrick McClure, 2012

Throwe the Keekin-Gless an Fit Ailice's Funn There,
Looking-Glass in North-East Scots (Doric), tr. Derrick McClure, 2021

Alice's Adventirs in Wonderlaand,
Alice in Shetland Scots, tr. Laureen Johnson, 2012

Ailice's Àventurs in Wunnerland,
Alice in Southeast Central Scots, tr. Sandy Fleemin, 2011

Ailis's Anterins i the Laun o Ferlies,
Alice in Synthetic Scots, tr. Andrew McCallum, 2013

Alice's Carrànts in Wunnerlan,
Alice in Ulster Scots, tr. Anne Morrison-Smyth, 2013

Alison's Jants in Ferlieland,
Alice in West-Central Scots, tr. James Andrew Begg, 2014

Alice muNyika yeMashiripiti,
Alice in Shona, tr. Shumirai Nyota & Tsitsi Nyoni, 2015

Алисаның қайғаллығ Черинде полған чоруқтары (Alisanıñ qayğallığ Çerinde polğan çoruqtarı), *Alice* in Shor, tr. Liubov′ Arbaçakova, 2017

Alicia's Adventuras en Wonderlandia, *Alice* in Spanglish, tr. Ilan Stavans, 2021

Alis bu Cëlmo dac Cojube w dat Tantelat, *Alice* in Ṣurayt, tr. Jan Beṯ-Ṣawoce, 2015

Alisi Ndani ya Nchi ya Ajabu, *Alice* in Swahili, tr. Ida Hadjuvayanis, 2015

Alices Äventyr i Sagolandet, *Alice* in Swedish, tr. Emily Nonnen, 2010

'Alisi 'i he Fonua 'o e Fakaofo', *Alice* in Tongan, tr. Siutāula Cocker & Telesia Kalavite, 2014

De Aventure Alisu in Mirviziland, *Alice* in Uropi, tr. Bertrand Carette & Joël Landais, 2018

Ventürs jiela Lälid in Stunalän, *Alice* in Volapük, tr. Ralph Midgley, forthcoming

Lès-avirètes da Alice ô payis dès mèrvèyes, *Alice* in Walloon, tr. Jean-Luc Fauconnier, 2012

Lès paskéyes d'Alice è payis dès mèrvèyes, *Alice* in Central Walloon, tr. Bernard Louis, 2017

Anturiaethau Alys yng Ngwlad Hud, *Alice* in Welsh, tr. Selyf Roberts, 2010

I Avventur de Alìs ind el Paes di Meravili, *Alice* in Western Lombard, tr. GianPietro Gallinelli, 2015

U-Alisi Kwilizwe Lemimangaliso, *Alice* in Xhosa, tr. Mhlobo Jadezweni, forthcoming

Di Avantures fun Alis in Vunderland, *Alice* in Yiddish, tr. Joan Braman, 2015

Alises Avantures in Vunderland, *Alice* in Yiddish, tr. Adina Bar-El, 2018

אַליסעס אַוואַנטורעס אין וווּנדערלאַנד (Alises Avantures in Vunderland), *Alice* in Yiddish, tr. Adina Bar-El, 2018

Insumansumane Zika-Alice, *Alice* in Zimbabwean Ndebele, tr. Dion Nkomo, 2015

U-Alice Ezweni Lezimanga, *Alice* in Zulu, tr. Bhekinkosi Ntuli, 2014

www.ingramcontent.com/pod-product-compliance
Lightning Source LLC
LaVergne TN
LVHW101942220826
846093LV00006B/92

* 9 7 8 1 7 8 2 0 1 2 9 5 5 *